Orbis

PAUL HERRMANN

REDEN WIE EIN PROFI

RHETORIK FÜR DEN ALLTAG

ORBIS VERLAG

Der Goldmann Verlag dankt für die freundliche Abdrucksgenehmigung: der Gesellschaft für Verlagswerte GmbH in Kreuzlingen (Bildergeschichte von e.o. plauen, Vater und Sohn, © Südverlag GmbH Konstanz, 1981 (ren.), auf Seite 88/89), dem Hanns Reich Verlag in Icking (Fotos auf den Seiten 87, 152 und 153) aus dem Band »Lachende Kamera 1«, dem S. Fischer Verlag GmbH, Frankfurt am Main, für die »Kleine Fabel« von Franz Kafka (aus: Sämtliche Erzählungen, 1972) auf S. 36 und dem Artemis Verlag, Zürich, für den Text von Hans Weigel auf S. 109f. (aus: Die Leiden der jungen Wörter).

Sonderausgabe 1992
Orbis Verlag für Publizistik GmbH, München

Satz: Uhl + Massopust, Aalen
Druck u. Einband: Mohndruck
Graphische Betriebe GmbH, Gütersloh
ISBN 3-572-00543-4

Inhaltsverzeichnis

Wie dieses Buch Ihnen helfen kann

Reden wie ein Profi – was heißt das überhaupt? Ist es überhaupt sinnvoll, wie ein Profi reden zu können?
Wenn wir uns manche der sogenannten professionellen Redner aus Politik, Gesellschaft, Kultur und Sport anhören, können leicht Zweifel an diesen rednerischen Vorbildern entstehen. Andererseits sind wir aber immer wieder angetan von Redeleistungen, die über das *gewohnte Gerede* hinausgehen. Gute Redner – und hier sind keine Demagogen oder *brillante Rhetoriker* gemeint – führen uns deutlich vor Augen und Ohren, wie wichtig und sinnvoll es ist, seine Gedanken, Ideen und Vorschläge präzise und wirksam zu artikulieren. Wir finden und brauchen die Rede und das Gespräch in unserer modernen Gesellschaft – zum Beispiel im beruflichen Bereich als Führungsinstrument. In der Öffentlichkeit ist Rede notwendig, um Interessen zu artikulieren, sei es in Elternbeiräten, auf Vereinsversammlungen, bei Bürgerinitiativen oder in der politischen Arbeit. In Parlamenten messen sich »Regierung« und »Opposition« auf allen Ebenen, vom Gemeinderat bis hin zum Bundestag, in Rededuellen.
Mit Ausnahme der selbsternannten Profis, der Schwätzer, die viel reden, aber wenig sagen, wollen Redner Kommunikation herstellen, wollen informieren, Meinungen äußern, überzeugen oder unterhalten.

Wir können lernen, wo und wie etwas ist; erläutern, warum etwas so ist; Zusammenhänge verdeutlichen; beschreiben, wie etwas vor sich geht sowie über Eigenschaften und Einstellungen informieren.
Reden wie ein Profi heißt also, sich in Rede und Gespräch immer darüber im klaren zu sein, *wen wir wann, wo, wie, warum und womit wovon (worüber) überzeugen (informieren) wollen!*
Reden wie ein Profi ist daher nicht überflüssig, wenn wir unter Profi den erfolgreichen, überzeugenden und engagierten Redner verstehen.
Dieses Buch zeigt Ihnen, wie Sie sich in Ihrer Kommunikation in Rede und Gespräch eindeutig und redewirksam ausdrücken, und es hilft Ihnen weiter auf dem Weg zur gelungenen Kommunikation.
Sie wollen Ihre Gedanken klar strukturieren und möglichst eindeutig artikulieren. Dieses Rhetoriktraining bietet Ihnen sehr differenzierte Strukturmodelle für die freie Rede an:

- für die informative Rede
- für die argumentative Rede
- für die Gelegenheitsrede

Die beste Struktur nützt uns jedoch nichts, wenn wir unser Publikum, die Zuhörer oder Gesprächspartner, nicht erreichen. Wer kennt nicht den kompetenten Redner, den ausgewiesenen Fachmann, der uns doch nur langweilt, weil die Ausführungen ausschließlich an den Verstand gerichtet sind. Sie treffen leider nicht das Herz des Zuhörers, sondern sprechen über die Köpfe des Zuhörers hinweg.
Damit Ihnen diese Erfahrung erspart bleibt, bietet dieses Trainingsbuch eine Fülle von Hinweisen, wie Sie die Zuhörer fesseln und abstrakte, theoretische Zusammenhänge Ihrem Redeziel entsprechend darbieten können.
Weil die Sprichworte »Reden lernt man durch Reden!«

oder »Grau ist alle Theorie!« zutreffen, wurde dieses Buch als *Rhetoriktraining* konzipiert. Im Anschluß an die einzelnen Kapitel mit grundlegenden Hinweisen finden Sie ein umfangreiches Übungsangebot. Sie können diese Übungen zum größten Teil für sich allein durchführen. Bei manchen Übungen sind Freude und Lernerfolg allerdings größer, wenn Sie zu mehreren sind.

Für Ihr Training mit diesem Buch benötigen Sie neben etwas Zeit und Ruhe nur noch einen kleinen Kassettenrecorder mit eingebautem Mikrofon, damit Sie Ihre Übungen kritisch kontrollieren und gegebenenfalls verbessern können.

Natürlich kann und will dieses Buch kein Rhetoriksemiar ersetzen, Redehemmungen und Lampenfieber lassen sich in einer Gruppe am besten abbauen. Aber wenn Sie keine Zeit oder keine Gelegenheit haben, ein Rhetorikseminar zu besuchen, kann Ihnen dieses Trainingsbuch eine große Hilfe für die tägliche Rede- und Gesprächspraxis sein.

Kommunikation und angewandte Rhetorik

Rhetorik und Kommunikation – zwei Begriffe, die in unserer modernen Zeit häufig auftauchen.

Kommunikation ist laut Duden: »... Verständigung untereinander, Umgang, Verkehr ...« Wir verstehen unter Kommunikation zwischen Menschen das Senden und Empfangen von Signalen und Aussagen, die wir mitteilen und erhalten können. Dies geschieht nicht nur durch Sprache, sondern auch durch nichtsprachliche Zeichen wie Gestik und Mimik.

Rhetorik wird im Duden als »... Wissenschaft von der kunstmäßigen Gestaltung öffentlicher Reden ..., Redebegabung, Redekunst ...« erklärt. Rhetorik ist Teil der menschlichen Kommunikationsmöglichkeiten, ist Kommunikation durch Sprache. Rhetorik als eine der klassischen »sieben freien Künste« hat in den letzten drei Jahrtausenden die unterschiedlichsten Bedeutungen erfahren: Von der antiken Rhetorik als kunstvolle Beredsamkeit im politischen und juristischen Leben über die gelehrte Rhetorik der mittelalterlichen Universitäten, von der »Kanzelrhetorik« über die parlamentarische Redekunst im englischen und amerikanischen Parlament, von der literarischen Rhetorik über die Demagogie als Mißbrauch der freien Rede, um nur einige zu nennen.

Die angewandte, »moderne« Rhetorik ist überwiegend an

der täglichen Kommunikationspraxis orientiert. Unter diesem »pragmatischen« Aspekt wäre es müßig, lediglich antike Formen zu lernen, nur die dialektischen Spitzfindigkeiten zu trainieren oder sich gar in undemokratischer Demagogie zu üben. In diesem Trainingsbuch wird Rhetorik als die Kunst des »freien Sprechens in Rede und Gespräch« in der täglichen Anwendung verstanden.

Natürlich können wir redewirksame Elemente der antiken Rhetorik nicht ignorieren. Erkenntnisse aus der Geschichte der Rhetorik und ihrer »Schwester«, der Dialektik, sind auch heute noch sehr wirkungsvoll.

Das Training mit diesem Buch hilft Ihnen, die fairen rhetorischen Erkenntnisse anzuwenden, Manipulationen zu erkennen und ihnen zu begegnen sowie sich gegen unfaire Angriffe zu schützen. Skrupellose Demagogen haben die Rhetorik durch gewissenlosen Mißbrauch als »Herrschaftswissen« zweckentfremdet.

Je »mündiger« eine Gesellschaft aber ist, desto schwieriger wird es für unlautere Gesellen, erfolgreich zu sein. *Mündig*keit hat etwas zu tun mit *Mündlich*keit. Trainieren Sie die demokratische freie Rede, das kooperative Miteinanderreden, damit wir im wörtlichen Sinn *mündige* ausdruckswillige und ausdrucksfähige Bürger sein können!

Atem und Stimme

Täglich gehen wir mit Sprache um. Wir drücken durch Sprache nicht nur unsere Gedanken und Anliegen aus, bewußt oder unbewußt äußern wir auch unsere Stimmungen und Gefühle. Stimme und Sprechfertigkeit sind die Instrumente und das Handwerkszeug des Redners. Je besser wir dieses Instrumentarium beherrschen, desto leichter können wir unser Publikum für uns gewinnen. Mit einer angenehmen Stimme und lebendiger Sprechweise verleihen wir unseren Worten Leben und Überzeugungskraft.

Voraussetzung dynamischen Sprechens sind richtige Atmung, deutliche Artikulation und angemessene Sprechweise. Wechsel der Tonhöhe, der Lautstärke, des Sprechtempos und der Klangfarbe macht die Dynamik aus.

Monotonie, *Ein*tönigkeit, schläfert die Zuhörer ein. Eintönige Redner wirken unbeteiligt und wenig engagiert. Gründe für Eintönigkeit können schlechte Luft oder ungünstige Beleuchtung sein. Ursachen beim Redner selbst können Müdigkeit, Hemmungen, Lampenfieber, Unsicherheit im Stoff oder mangelndes Interesse sein.

Im ersten Teil dieses Trainingsbuches erfahren Sie, wie Sie durch den gekonnten Einsatz stimmlicher und sprechtechnischer Mittel Eintönigkeit vermeiden. Übungen zur Atmung, Stimme, Artikulation und Betonung helfen Ihnen, lebendig und ansprechend zu reden.

Atmung

Die Atmung während des Sprechens ist nicht Ihre Privatsache. Der Zuhörer stellt sich in seinem Atemrhythmus nämlich automatisch auf die Atmung des Sprechers ein. Langatmigkeit des Sprechers hat daher zur Folge, daß der Zuhörer rasch ermüdet und in seiner Aufmerksamkeit nachläßt. Atmet der Sprecher jedoch hektisch, wird auch der Zuhörer in einen hektischen Atemrhythmus verfallen und ist schließlich auch körperlich erschöpft.
Drei Kriterien sind für die Luftergänzung *(Einatmung)* während des Sprechens wichtig:

- schnell
- geräuschlos
- mühelos

Wie ist eine solche Atmung zu erreichen? Machen Sie bitte dazu folgende *Übungen*:
Stellen Sie sich so hin, daß Ihre Füße etwa eine Handbreit voneinander entfernt sind und Ihr Gewicht auf beide Beine gleichmäßig verteilt ist.
Ihr Oberkörper ist senkrecht aufgerichtet, so daß die Luftsäule nur noch oberhalb des Kehlkopfes gebogen ist. Der Oberkörper ist nicht angespannt, aber auch nicht schlaff.
Stellen Sie sich vor, Sie stünden auf einem fußballgroßen und ebenso runden Klumpen Schmierseife, die erwünschte Haltung wird sich fast automatisch einstellen.
Ihre Arme hängen locker rechts und links herab. Achten Sie besonders darauf, daß Sie in den Schultergelenken

nicht verspannt sind! Rollen Sie Ihre Schultern vor und zurück, heben Sie dann Ihre Schultern an und lassen sie dann locker fallen. Wiederholen Sie dies einige Male.
Aus dieser Grundhaltung heraus schwingen Sie nun lokker vor und zurück, jedoch nur so weit, daß Sie mit den Füßen nicht nennenswert ausbalancieren müssen.
Ihr Atemrhythmus paßt sich nun Ihrer Körperbewegung an, die Atmung wird ruhiger – Sie werden nach einigen Minuten eine entspannte Ruhe empfinden.

Stellen Sie sich vor einen Spiegel. Legen Sie eine Hand locker auf Ihre Bauchdecke. Stoßen Sie nun ein kräftiges scharfes »pst« aus. Beobachten Sie dabei die Bewegung Ihrer Bauchdecke. Bei korrekter costo-abdominaler Atmung (Bauch-/Flankenatmung beziehungsweise Zwerchfellatmung) können Sie beobachten, daß sich die Bauchdecke bei »ps« ruckartig nach innen bewegt und kurz nach dem abschließenden »t« wieder in ihre Ausgangslage nach außen zurückschnellt. Die Luft, die Sie für das »pst« benötigt haben, ist beim Zurückschnellen des Zwerchfells wieder ergänzt worden:
schnell, geräuschlos, mühelos!
Bei Wiederholungen dieser Übungen schauen Sie bitte in den Spiegel. Achten Sie darauf, daß sich Ihre Schultern und Ihr Brustkorb nicht bewegen, daß Sie keine blasebalgartigen Pumpbewegungen ausführen (Pumpen des Maikäfers kurz vor dem Start).
Verlängern Sie das »s«, so daß es laut und kräftig ausströmt und nach und nach leiser wird, bis Ihr Luftvorrat zur Neige geht. Nicht auspressen, sondern nur so lange »s« lautieren, wie es Ihnen mühelos möglich ist.
Am Ende sollte wieder ein »t« zu hören sein, die schnelle Luftergänzung wird dadurch erleichtert.
Lassen Sie das »s« nun dreimal auf- und abschwellen, und schließen Sie wieder mit einem deutlichen »t« ab. Die Bauchdecke wird in drei Schüben eine Einwärtsbewegung

vollziehen und beim »t« wieder auswärts schnellen. Auch bei dieser Übung verharren Schultern und Brustkorb wieder in der Ruhestellung!

In weiteren Übungen zur Luftergänzung ersetzen Sie das »s« bitte durch ein »f«.
Beginnen Sie mit einigen schnellen »fft«, dehnen Sie das »f« aus, so lange, wie es *mühelos* gelingt, lassen Sie das »f« an- und abschwellen. Beobachten Sie auch jetzt Brustkorb und Schultern.

Test

Zählen Sie nun deutlich und zügig von eins bis fünfundzwanzig. Achten Sie darauf, daß Sie die Zahlen zwischen zwölf und zwanzig nicht als »zen« aussprechen, artikulieren Sie deutlich »zehn«. Die viersilbigen Zahlen, zwei-und-zwan-zig usw., sollten auch vollständig artikuliert werden und nicht zu »zwei'nzwanzig« verkümmern.
Wiederholen Sie das Zählen, und achten Sie dabei auf Ihre Atmung. Wie oft haben Sie Luft »geholt«?
Erfahrungsgemäß werden wir bei etwa 14 oder 17 Luft »einreißen«, bei schneller Zählweise kommen wir mit Mühe bis 25 ohne Zwischenatmung, sind dann aber »außer Atem«. Auf diese Weise werden die Grundbedingungen – schnell, geräuschlos, mühelos nicht – erfüllt.
Ergänzen Sie Ihren Luftvorrat nach jeder Zahl schnell, geräusch- und mühelos. Ergänzen Sie Ihren Luftvorrat auch nach den »kurzen« Zahlen »eins«, »zwei« usw., auch wenn Sie noch ausreichend Luft haben. Auf diese Weise können Sie mühelos und schnell weiterzählen und sind bei 25 noch lange nicht außer Atem!
In der täglich gesprochenen Sprache brauchen wir natürlich nicht nach jeweils einer bis vier Silben Luft zu ergänzen. Hier gilt es, den Gedanken, den Satz nicht durch Atmung zu zerreißen, sondern dann Luft zu ergänzen,

wenn der Sinn unserer Aussage eine Sprech- und Atempause zuläßt.

Atemschnüffeln

Ein guter Zwerchfellanreiz ist auch die Atemschnüffel-Übung: Stellen Sie sich vor, in der Luft käme von weit her ein wunderbarer Duft. Durch dreimaliges heftiges Einsaugen der Luft durch die Nase versuchen Sie, den Duft zu lokalisieren. Zwischen jedem der Stöße soll eine kurze Pause liegen, während der die Bauchmuskulatur nicht an Spannung verlieren darf.
Wenn Sie die Hände in die Hüften legen – Ellenbogen nach hinten –, spüren Sie die Erweiterung des Hüftumfanges bei jedem Atemstoß.
Atmen Sie erst auf stimmlosen, dann auf stimmhaften Konsonanten aus.

Lungenfeger

Kommen Sie in Ruhe zu Luft. Nach einer Pause von einigen Sekunden lassen Sie einen kleinen Teil der Luft durch eine ganz kleine Lippenöffnung wieder entweichen. Halten Sie den Rest des Atems wieder einige Sekunden. Wiederholen Sie das so lange, bis die ganze Luft rausgeatmet ist. Achten Sie darauf, daß die Lippen beim Entweichen der Luft ganz locker sind. Während der Unterbrechung sind sie geschlossen.

Übungen mit der Kerze

Halten Sie eine Kerze etwa eine Handlänge weit von Ihrem Mund entfernt. Blasen Sie gezielt so stark beziehungsweise so schwach, daß die Flamme fast, aber nicht ganz erlischt. Halten Sie durch Ihren gezielten Luftstrom die Kerze am Rande des Erlöschens.

Wenn Sie den Luftstrom mit Ihren Lippen gebündelt und das Ziel gefunden haben, gilt es, ganz gleichmäßig zu blasen. Die Gleichförmigkeit des Luftstroms ist mit einer Atmung über den Brustkorb kaum zu erreichen. Das Zwerchfell wird hier durch kontrollierte und gezügelte Aufwärtsbewegung den Luftstrom regulieren und in seiner Stärke konstant halten.
Halten Sie nun die brennende Kerze so nah wie möglich vor Ihren weit geöffneten Mund. Artikulieren Sie ein »ooo«. Die Flamme darf sich nicht bewegen.
Diese Übung vermittelt Ihnen einen Eindruck davon, wie Sie mit gezieltem Zwerchfelleinsatz einen klaren Ton mit möglichst geringem Atemaufwand erzeugen können.
Öffnen Sie abschließend den Mund wie zum Gähnen. Halten Sie die Kerze wieder etwa eine Handlänge vor die Mundöffnung. Versuchen Sie nun – bei weit geöffnetem Mund! – die Flamme mit einem Luftstoß auszulöschen. Artikulieren Sie dabei ein »hhh«, das etwa wie ein Hecheln klingt. Die Kerze wird nur dann erlöschen, wenn der Luftstrom durch eine heftige Zwerchfellbewegung stark genug hinausgestoßen wird.

Stimme

Veränderungen der Stimme lassen sich nicht von einem Augenblick zum andern erreichen. Höhere Tragfähigkeit, größere Resonanz können nicht auf Knopfdruck angeschaltet werden. Arbeit an der Stimme ist immer ein längerer Prozeß. Tägliches Üben führt zum Erfolg. Aber keine Angst: Sie brauchen sich aus Ihrem täglichen Zeitkuchen kein Extrastück für »Stimmübungen« herauszuschneiden. Machen Sie diese Übungen unter der Dusche, in der Badewanne oder beim Autofahren.

Sprech- und Stimmstörungen wie ständige Heiserkeit, Pressen, zu hohe Stimme usw. sollten Sie jedoch nicht selbst »behandeln«. Therapie von Sprach-, Sprech- und Stimmstörungen bedarf eines erfahrenen Sprecherziehers oder eines Logopäden!
Die Übungen in diesem Buch sind zum Training der gesunden Stimme ausgewählt!
»Stimme« und »Stimmung« haben denselben Wortstamm. Auch sagen wir nicht umsonst »das stimmt« oder »das stimmt nicht«.
Die Stimme ist eines der wichtigsten Hilfsmittel, um positive »Stimm«ung zu erzeugen, besonders am Telefon.
Es ist sehr wichtig, daß die Luftergänzung geräuschlos erfolgt. Bei deutlich hörbarem »Einschnaufen« werden die Schleimhäute des Rachens trocken, Heiserkeit und ein Kratzen im Hals sind die Folge. Auch hier zeigt sich wieder der Einfluß des Sprechers auf die Zuhörer: Eine rauhe, heisere Stimme ruft nämlich beim Zuhörer ebenfalls ein Kratzen im Hals und einen Räusperzwang hervor.
Heiserkeit entsteht durch falsche Atmung und unangemessenen Stimmansatz. Hier hilft eine sprecherzieherische Behandlung.

Übungen zur Resonanz
Der Brustton der Überzeugung

Für ein überzeugendes Sprechen ist es notwendig, daß die Stimme nicht unangemessen hoch klingt. Eine tiefe, ruhige Stimme wirkt vertrauenerweckender als eine unangemessen hohe. Selbstverständlich soll die Stimme zum Sprecher passen. Reden auch Sie mit dem »Brustton der Überzeugung«!
Ausgangstonhöhe während des Sprechens soll die *Indifferenzlage* sein. Diese mittlere Sprechstimmlage befindet sich etwa beim Übergang vom unteren zum mittleren Drittel Ihres individuellen Stimmumfanges.

So finden Sie Ihre Indifferenzlage:

Stellen Sie sich entspannt hin. Lassen Sie den Unterkiefer locker nach vorn unten hängen. Die Zunge liegt entspannt möglichst weit vorn im Unterkiefer. Schließen Sie die Augen, und erzeugen Sie mit ganz geringem Luftdruck einen Laut, der zwischen »aaa« und »ooo« liegt.
Nach etwa 10–15 Sekunden wird der Ton klar und hat sich auf einer bestimmten Tonhöhe eingependelt. Dieser Ton entspricht in etwa Ihrer Indifferenzlage.
Eine andere Art, die Indifferenzlage aufzufinden, bietet Ihnen diese Übung: Sie seufzen mit einem Gefühl der Entspannung tief und herzhaft. Der Ton, der dabei entsteht, soll nicht wie ein bestimmter Vokal klingen.
Unwillkürlich nähern wir uns unserer Indifferenzlage, wenn wir eine tiefe, beruhigende Tonart wählen, um zum Beispiel ein kleines Kind zu trösten, das sich erschreckt hat.

Auch die folgende *Fröschelsche Kauübung* ist geeignet, die Indifferenzlage aufzufinden.

Fröschelsche Kauübung

Stellen Sie sich vor, Ihre Lieblingsspeise auf der Zunge zu haben. Brummen Sie mit dem Ausdruck tiefen Wohlbehagens ein ruhiges »Hmmmh«, und kauen Sie mit großen Kieferbewegungen. Diese Übung können Sie immer machen, wenn Sie etwas Zeit haben, etwa unter der Dusche oder beim Autofahren. Im Laufe der Zeit wird Ihre Stimme voller, weittragender und resonanzreicher.
Ein Tip: Wenn Sie vor einem Vortrag sehr aufgeregt sind und unter starker Nervosität und Lampenfieber leiden, so essen Sie einen kleinen Apfel. Kauen Sie jeden Bissen gut durch. Genießen Sie den Geschmack des Apfels. Brummen Sie beim Kauen ein entspanntes »Hmhmhmhm«.

Die Trockenheit im Mund verschwindet. Die Nervosität wird geringer. Ihr Wohlbefinden steigt.

Lockerungsübungen

Die *Pleuelübung* ist eine tonlose Zungenübung. Legen Sie die Zungenspitze fest an den inneren Rand der unteren Schneidezähne. Schnellen Sie nun die hintere Zunge elastisch vor und zurück bis über die anliegende Zungenspitze und die Zähne hinaus und wieder zurück in die Ausgangsposition.
Durch diese Übung erreichen Sie auch, daß die Zunge beim Sprechen möglichst weit vorn im Munde liegt. Die Zunge drückt nicht auf den Kehldeckel und behindert die Lautbildung nicht.
Einen ähnlichen Effekt erzielen Sie mit der *Steak- oder Leinsamenübung*: Stellen Sie sich vor, Fleischfasern oder Leinsamen hätten sich zwischen Ihre Zähne gesetzt. Mit der Zungenspitze versuchen Sie, die Speisereste zu entfernen. Besonders wirkungsvoll ist diese Übung, wenn Sie die Außenseiten der oberen und unteren Backenzähne berühren.

Lippenflattern (Kutscher-R)

Die Lippen liegen geschlossen aufeinander. Die Kiefer sind nicht ganz geschlossen. Drücken Sie die Luft nun mit leichtem Druck gegen die sanft geschlossenen Lippen, bis sie elastisch zu flattern beginnen. Zuerst stimmlos, wie ein schnaubendes Pferd, dann stimmhaft, wie ein Motorrad.

Maoam-Übung

Öffnen Sie den Mund weit und rund. Ziehen Sie die Lippen nach innen über die Zähne. Artikulieren Sie nun ma-o-a-o-a-o-am, ohne jedoch groß den Unterkiefer zu bewegen. Die Lippen werden gespannt und wieder gelokkert. Kontrollieren Sie vor dem Spiegel, daß die Zähne von den Lippen bedeckt bleiben.

Atemwurf- und Lautgriffübungen

Sprechen Sie deutlich mit großen Kiefer- und Lippenbewegungen die Silbenfolge »wop wup wap wep«. Ergänzen Sie zunächst Ihren Luftvorrat nach jeder Silbe.
Sprechen Sie nun »wop wup wap wep« als ein Wort. Artikulieren Sie deutlich alle »p«. Die Bauchdecke bewegt sich in vier Schüben einwärts, nach »wep« tritt sie jäh wieder hervor; die Luftergänzung ist »von selbst« geschehen.

Artikulation und Ausdruck

»Tritt fest auf!
Mach's Maul auf!
Hör bald auf!«

Martin Luther

Hochlautung

»Mach's Maul auf!« fordert Luther. Deutliche Artikulationsbewegungen, die Zähne nicht aufeinander, machen die Sprache verständlich. Wenn Sie mit der Aufforderung »Lauter bitte!« unterbrochen werden, so ist meistens gemeint: »Deutlicher bitte!«
Wir neigen dazu, Endsilben zu verschlucken und Konsonanten zu unterschlagen. Im Theater können Sie beobachten, daß die Schauspieler sehr deutlich, manchmal überdeutlich sprechen. Das »t« am Ende des Wortes wird überartikuliert, damit der Text nicht nur in den ersten beiden Reihen, sondern auch noch auf den Rängen verstanden wird.
Als Redner brauchen wir nicht wie ein Schauspieler zu sprechen. Es genügt, wenn wir von unserem Publikum verstanden werden. Die Ausspracheregeln der deutschen Hochlautung sind ähnlich umfangreich wie die Regeln der deutschen Rechtschreibung. Hier die wichtigsten für die Verständlichkeit:
Die Konsonanten sind das Skelett der Worte. Das »t« bildet die Wirbelsäule des Skeletts. Besonders am Ende eines Wortes oder einer Silbe müssen die »t«-Laute (geschrie-

ben d oder t) deutlich artikuliert werden. Lassen Sie aus »ist« nicht die Befehlsform von »essen« werden. Machen Sie aus »und« nicht die negative Vorsilbe »un-«.
Die Endsilbe »-en« wird sehr häufig verschluckt. So wird aus »Leben« oft »Lehm«.
»Was ham wa heute wieder für 'n Leem.« Fühlt sich der Urlauber in der Hängematte wohl? Beklagt der Fahrer sein steckengebliebenes Fahrzeug im schlammigen Feldweg? Deutliche Aussprache läßt dieses Problem gar nicht erst entstehen.
Abhilfe schaffen Sie, indem Sie den Konsonanten vor der Endsilbe »-en« deutlich aussprechen: Die Endsilbe folgt wie von selbst richtig. Achten Sie darauf, daß Sie nicht das »e« der Endsilbe hervorheben, also nicht »Lebänn«. Die Aussprache würde dadurch pathetisch und manieriert klingen.
Das »g« am Ende einer Silbe wird in der deutschen Hochlautung immer wie »k« gesprochen: Weg, Tag, Teig, Jagd, Flug usw., es kann sonst zu Mißverständnissen kommen: Fluch statt Flug, Yacht statt Jagd, Teich statt Teig.
Eine Ausnahme bildet die Aussprache des »g«, wenn ein kurzes »i« vorangeht. In diesem Falle muß es wie das »ch« in »ich« gesprochen werden: König (gesprochen: Könich), ewig (gesprochen: ewich), zwanzig usw.
Eine Ausnahme bildet das oberdeutsche Sprachgebiet: Süddeutschland, Österreich, deutschsprachige Schweiz. Hier wird das »-ig« wie »ick« ausgesprochen. Es ergeben sich jedoch keine Probleme der Verständlichkeit: Die Wörter bekommen keine andere Bedeutung.
In Seminaren wird oft nach der korrekten Aussprache des »r« gefragt. Soll es mit der Zungenspitze gerollt oder mit dem Gaumensegel erzeugt werden?
Sprechen Sie das »r«, wie Sie es immer getan haben: Beide »r« stehen im Hochdeutschen gleichberechtigt nebeneinander.
Hochlautlich nicht korrekt ist die Aussprache des »r« z. B.

in einigen Teilen des Rheinlandes, wo es oft zum »ach-ch« wird, »Wocht« statt »Wort«.
Besonders problematisch ist die Aussprache, wenn ein Wort oder eine Silbe mit demselben Konsonanten beginnt, mit dem die vorhergehende endet. Im Normalfall wird der Konsonant nur einmal gesprochen. (Pappe, Latte, Otto).
Wenn jedoch zusammengesetzte Wörter gesprochen werden, so wird das durch eine leichte Sprechverzögerung deutlich gemacht: Radtour, Brotteig, gesprochen: Rat.ur, Brot.eik und nicht: Rat-tur, Brot-teik.
Besondere Beachtung erfordert die Verlängerung der Haltephase, wenn sich durch zusammenziehendes Sprechen der Sinn des Ausspruchs verändern würde: das Kind taufen – nicht: das Kinn! oder: da ist guter Rat teuer – nicht: guter Rat euer!
Die Regeln der deutschen Hochlautung finden Sie in den Wörterbüchern zur Aussprache ausführlich beschrieben (siehe: Literaturliste im Anhang).

Übungen

Korkensprechen

Beißen Sie mit Ihren Schneidezähnen auf das dicke Ende eines Champagnerkorkens. Mit dem Korkenende zwischen den Zähnen lesen Sie nun einen beliebigen Text. Versuchen Sie, so deutlich wie möglich zu artikulieren. Kontrollieren Sie Ihre Artikulation mit einem Kassettenrecorder: Bis auf das »s« und seine Verbindungen »x« und »z« lassen sich alle Laute deutlich formen.
Schauspieler und Berufssprecher machen diese Übung oft vor wichtigen Auftritten oder Terminen ein paar Minuten lang. Deutliche Artikulation und angemessenes Sprechtempo stellen sich fast automatisch ein.

Zungenbrecher

Gut üben läßt sich deutliche, lautreine Artikulation auch mit den sogenannten Zungenbrechern. Beachten Sie hierbei, daß das Tempo erst in zweiter Linie von Belang ist. Vorrang hat zunächst klare und deutliche Aussprache.
Beispiel:
»Brautkleid bleibt Brautkleid, und Blaukraut bleibt Blaukraut.« Artikulieren Sie die »t« deutlich, damit aus dem »Brautkleid« kein »Braukleid« wird. Achten Sie auf eine deutliche Aussprache des »a«.
Öffnen sie Ihren Mund bei der Artikulation des »a« so weit, daß Sie Zeige- und Mittelfinger Ihrer Hand übereinander zwischen die Schneidezähne stecken können.

Flüstern

Flüstern Sie einen Übungstext deutlich. Stellen Sie in einigen Metern Entfernung einen Kassettenrecorder auf, und zeichnen Sie den Übungstext flüsternd auf. Die Aufnahme muß deutlich zu verstehen sein. (Flüstern Sie ganz ohne Ton! Es darf stimmlich nicht anstrengend sein.)

Mundart

»Darf in öffentlicher Rede die Mundart, der Dialekt, herauszuhören sein?«
Diese Frage wird in Seminaren oft gestellt. Die Antwort lautet: »Das kommt darauf an.« Worauf kommt es an?
Inwieweit mundartliche Sprechweise redewirksam ist, hängt nicht zuletzt von der Situation ab, in der gesprochen wird, von der Zusammensetzung des Publikums, vom Ort der Veranstaltung.

Reden Sie so, daß Ihr Publikum Sie versteht. Wenn in Ihrem Heimatort Mundart gesprochen wird, würden Sie Ihr (heimisches) Publikum mit einer hochdeutsch gesprochenen Rede in Erstaunen versetzen. Haben Sie in Ihrem Publikum Zuhörer aus anderen Gebieten des deutschen Sprachraums, sollten Sie sich dem hochlautlichen Standard so weit nähern, daß Sie eindeutig verstanden werden.

Machen Sie aus dem »leitenden« Angestellten keinen »leidenden« Angestellten. Lassen Sie die Zuhörer nicht an ein Boot, eine Yacht, denken, wenn Sie von Ihrer Freizeitbeschäftigung, der Jagd (gesprochen »Jaakt), erzählen.

Mundartliche Färbung der Aussprache ist kein Makel! Die meisten Menschen empfinden dialektgefärbte Sprache sogar sympathisch. Der Aufwand, Hochdeutsch wie ein Nachrichtensprecher zu erlernen, steht in keinem Verhältnis zu dem Nutzen, den Sie dadurch haben – von wenigen Ausnahmen einmal abgesehen.

Was soll denn auch schlimm daran sein, wenn man hören kann, woher Sie stammen?

Bitte beachten Sie aber eine wesentliche Einschränkung: Dialekt kann den Sprecher beim Publikum als ungebildet erscheinen lassen, wenn mundartbedingte Eigenarten in der Grammatik nicht der hochdeutschen angepaßt werden!

»Ein hoher Besucher besichtigt ein Kohlenbergwerk. Unter Tage hört er, wie ein Bergmann dem anderen laut zuruft: »Komm ma mit *die* Wagen her!« – Der Besucher korrigiert: »Guter Mann, das heißt doch wohl: Komm mal mit *den* Wagen her!« – »Dat weiß ich auch«, erwidert der Bergmann, »aber wenn ich dat sage, dann bringt der nur einen!«

Betonung

Wenn wir mit oder zu anderen Menschen sprechen, haben wir bestimmte Betonungsabsichten. Haben Sie sich nicht aber auch schon gelegentlich gewundert, daß Ihre Botschaft bei den anderen nicht oder anders als geplant angekommen ist? Hier liegt die Kommunikationsstörung nicht in der Formulierung, sondern in der unzureichenden oder nicht eindeutigen Betonung.
Opfer einer mißverständlichen Betonung wurde zum Beispiel der ehemalige Präsident des Deutschen Bundestages, Philip Jenninger. In seiner Rede zum Gedenken an die »Reichskristallnacht« betonte Jenninger ein Zitat derart unzureichend, daß es nicht als Zitat zu erkennen war. Der Skandal war so groß, daß Jenninger kurz darauf zurücktrat.
Eindeutige Betonung erreichen wir, indem wir »bewußt« sprechen. Denken Sie während des Sprechens ständig mit, geben Sie dem jeweiligen sinntragenden Wort, dem Sinngipfel den Betonungsakzent! Probieren Sie es an den beiden folgenden Beispielen aus:

Test:

Sprechen Sie bitte laut: »Morgen bist du dran!«
Was haben Sie damit ausgedrückt? Eine Drohung? Ein Angebot? Die geschriebene Sprache ist hier der gesprochenen gegenüber im Nachteil.
»Morgen bist du *dran*!« ist keine verlockende Aussicht. »Morgen bist *du* dran!« bedeutet jedoch, daß unser Gesprächspartner an der Reihe sein wird.
»Ich gehe heute abend nach Hause«, ist zunächst einmal eine scheinbar eindeutige Information. Indem Sie den Sinngipfel verschieben, durch eine Veränderung der Be-

tonung also, können Sie diesem Satz jedoch mehr Informationen beifügen:
»*Ich* gehe heute abend nach Hause.«
»Ich *gehe* heute abend nach Hause.«
»Ich gehe *heute* abend nach Hause.«
»Ich gehe heute *abend* nach Hause.«
»Ich gehe heute abend nach *Hause*.«

Übung

Artikulieren Sie deutlich die Silbenfolge:
»mübüdümünüsü«.
Achten Sie darauf, daß Sie kein »ie« sagen.
Variieren Sie folgendermaßen:
- fragen,
- bitten,
- befehlen,
- drohen,
- schmeicheln,
- behaupten Sie mit Nachdruck dieses »Wort«.

Stellen Sie sich noch weitere Sprech-«Regieanweisungen« vor, und üben Sie diese, wenn möglich mit Tonbandkontrolle.
Eine ähnliche Übung können Sie auch mit einem der kürzesten deutschen Sätze durchführen, mit »ja«.
Sprechen Sie »ja« zehn- bis zwanzigmal nacheinander, jedoch immer mit anderer Intention, also
- begeistert zustimmend,
- zweifelnd,
- nachdenklich,
- überzeugt,
- entnervt,
- als verdecktes »nein« usw.

Die Vielfalt der Möglichkeiten, mit diesem kurzen Ausdruck Stimmungen zu beschreiben, ist überraschend. Wilhelm Höffe hat in seiner Untersuchung *Der hochdeutsch*

gelautete Einwortsatz »Ja« über fünfzig verschiedene Bedeutungen des gesprochenen »Ja« beschrieben.
Ein Tip: Wenn Sie bei diesen Übungen Bewegungsimpulse verspüren, so lassen Sie diese zu. Bewegung, Gestik und Mimik helfen oft, den gewünschten Ausdruck zu erreichen.

An diesen Beispielen erkennen Sie deutlich den Zusammenhang zwischen »Stimme« und »Stimmung«. Nicht zufällig haben beide Worte dieselbe Wurzel. Haben wir den Verdacht, angelogen zu werden, so heißt es: »Da *stimmt* doch etwas nicht!«
Wie lassen sich also eindeutige Betonungen durch Veränderung der Sprechweise erreichen?
Betonungsveränderung entsteht u. a. durch Veränderung von
- Tonhöhe
- Lautstärke
- Sprechtempo und
- Klangfarbe.

Sprechdynamik entsteht durch den ständigen Wechsel von Klangfarbe, Sprechtempo, Lautstärke und Tonhöhe geplant und zielstrebig.
Kontrollieren Sie Ihre Übungserfolge durch kritisches Anhören Ihrer eigenen Tonbandaufzeichnungen. Üben Sie, indem Sie Übungstexte so sprechen, daß es Ihnen selbst etwas übertrieben, eine Spur »theatralisch« vorkommt.

»Der Ton macht die Musik.« Dieses Sprichwort weist deutlich darauf hin, daß es nicht gleichgültig ist, *wie* wir etwas sagen oder wie wir etwas betonen.
Sprechen Sie »Ich werde dir helfen« einmal als Hilfsangebot und ein andermal als Drohung.
Drücken Sie »heute so – morgen so» entweder als Beständigkeit oder als Wechselhaftigkeit aus.

Versuchen Sie »Was wollen Sie?« auf vier verschiedene Arten und mit vier unterschiedlichen Schwerpunkten deutlich zu machen:
»Was *wollen* Sie?« ist die neutrale, echte Frage.
»*Was* wollen Sie?« drückt aus, daß der Frager die Antwort bereits kennt. Er drückt sein Erstaunen über den Wunsch aus. Denken Sie sich ein »Das kann doch nicht Ihr Ernst sein!« hinzu, dann erreichen Sie die richtige Betonung leichter.
»Was wollen *Sie*?« gerät zur Beleidigung, um so mehr, wenn Sie sich ein »denn eigentlich« hinzudenken.
»Was? Wollen Sie?« kann ein entsetztes Erstaunen über ein waghalsiges Vorhaben ausdrücken, wenn Sie sich ein »das ist doch viel zu gefährlich« dazu denken.
Diese vier Ausdrucksformen der Frage »Was wollen Sie?« können nun noch mit den Variationen des »mübüdümünüsü« oder »ja« kombiniert werden: freundlich, drohend, schmeichelnd, entsetzt usw.
Sie erkennen die Betonungsvielfalt bereits an diesen kleinen Beispielen!

Übung

Sprechen Sie folgenden Satz laut: »Das war sein erster Erfolg.«
Verändern Sie die Schwerpunkte dieses Satzes durch unterschiedliche Betonung so, daß
1. Sie diesen einen bestimmten Erfolg meinen,
2. Sie auf die Vergangenheit des Erfolges hinweisen,
3. Sie hervorheben, daß es sich um den Erfolg von niemand anderem handelt,
4. klar wird, daß noch weitere Erfolge kamen,
5. deutlich wird, daß es vorher nur Mißerfolge gegeben hat.

Auflösung
1. *Das* war sein erster Erfolg.
2. Das *war* sein erster Erfolg.
3. Das war *sein* erster Erfolg.
4. Das war sein *erster* Erfolg.
5. Das war sein erster *Erfolg.*

Suchen Sie sich aus beliebigen Texten einige Beispiele, und verändern Sie die Sinnschwerpunkte durch sprecherische Interpretation.

Sprechtempo

Ungeübte Sprecher reden oft zu schnell. Die Sprechweise wirkt hektisch. Besonders bei der Beantwortung von Fragen und in Diskussionen erscheint der hastig Sprechende unsicher. Zu schnelles Sprechen erschwert dem Publikum das Mitdenken. Die Zuhörer wollen ja verstehen, was ihnen gesagt wird. Die Aufmerksamkeit auch des gutwilligsten Zuhörers wird erlahmen, wenn die Zeit zum Mitdenken und Verarbeiten nicht ausreicht.
Sprechen Sie aber auch nicht zu langsam. Langsames Reden macht die Zuhörer nervös. Die Gedanken des Publikums schweifen leicht ab.
Wechseln Sie im Sprechtempo langsamere und schnellere Passagen. Wesentliche Gedanken, besonders bei hoher Informationsdichte, sollten etwas langsamer gesprochen werden. Erzählabschnitte können etwas lebhafter, etwas dynamischer gesprochen werden.
Denken Sie während des Vortrags ständig mit. Lassen Sie Ihre Gedanken nicht zu weit vorauseilen, es besteht die Gefahr, daß Ihre Zunge hinterherhastet: Das Sprechtempo wird zu hoch.

In großen Räumen, vor zahlreichen Zuhörern dürfen wir nicht zu schnell sprechen. Lieber etwas zu langsam als zu schnell! Wie läßt sich ein angemessenes Sprechtempo erreichen?
Es ist nicht damit gedient, die Vokale zu dehnen oder nach den einzelnen Wörtern oder Satzteilen einfach eine etwas längere Pause zu machen. Als Sprechweise entsteht ein Stakkato oder ein zu gedehntes Sprechen.
Ein angemessen langsameres Sprechtempo erreichen wir durch das Dehnen aller Vokale und Dauerkonsonanten. Wir sprechen gleichsam in Zeitlupe. Explosivlaute wie p, b, k, g, t, d können nicht gedehnt werden, dafür aber die Nasale m, n, ng und die Konsonanten f, w, s, l, r, j, ch.
Gering ist die Gefahr, zu langsam zu werden, größer die Gefahr zu schnellen Sprechens.
Der Redner hat seinen Vortrag *vor*gedacht, ihm ist der Inhalt bekannt und vertraut. Zu leicht lassen wir außer acht, daß dem Zuhörer das Gesagte im Augenblick des Sprechens neu erscheint und daß er Zeit braucht, mitzudenken. Was uns vertraut ist und leicht abgespult werden kann, ist dem Publikum noch lange nicht so leicht eingängig.
Je besser wir mit unserem Stoff vertraut sind, desto leichter werden wir ein angemessenes Sprechtempo finden.
Neigen Sie zu einer hektischen, schnellen Sprechweise, so wird die *Korkenübung* (siehe S. 26) hilfreich sein.

Sprechen am Mikrofon

Sprechen vor dem Mikrofon ist vergleichbar dem Sprechen in kleinen Räumen. Sprechtempo, Lautstärke und Artikulation müssen nicht mehr auf den großen Saal ausgelegt sein. *Raum*ton wird zum *Kammer*ton.

Gelegentlich zeigt auch moderne Technik noch ihre Tükken. Die Aussteuerung des Verstärkers ist nicht optimal eingestellt, das Mikrofon ist zu nah oder zu weit vom Sprecher entfernt. Wenn möglich, probieren Sie vorher aus, wie die günstigste Entfernung zum Mikrofon ist.
Am Mikrofon ist natürlich auch auf lautreine Artikulation zu achten, die Explosivlaute dürfen allerdings nicht zu hart ausgesprochen werden, es entsteht leicht das gefürchtete »Knallen«.

Sprechen auf Band

Sie wollen mit diesem Buch arbeiten. Viele der Übungen sind so angelegt, daß Sie Ihr Sprech- und Redetraining mit einem Tonbandgerät oder einem Kassettenrecorder aufzeichnen. Sie stellen eine Konserve her, um Ihre Reden zu analysieren und zu *verbessern.* Fehlt auch das »Publikum«, so sind diese Aufnahmen doch hilfreich.
Erschrecken Sie nicht, wenn Sie Ihre Stimme vom Tonträger oder aus dem Radio hören: Sie wird Ihnen fremd und merkwürdig vorkommen. Andere erkennen und identifizieren Sie auf Anhieb, nur Sie selbst haben zunächst Schwierigkeiten. Wo liegen die Gründe dafür? Mikrofon und Zuhörer können nur das aufnehmen, was an Sprache aus Ihnen hinausdringt. Sie selbst hören aber mehr: Durch Schwingungen und Resonanzen im Kopf dringen Ton- und Klangqualitäten direkt an das Innenohr. Sie empfinden Ihre Stimme voller, resonanzreicher, angenehmer und vertrauter als über die Konserve. Gewöhnen Sie sich an Ihre Tonbandstimme!

Übung

Franz Kafka, Kleine Fabel:
«Ach«, sagte die Maus, »die Welt wird enger mit jedem Tag. Zuerst war sie so breit, daß ich Angst hatte, ich lief weiter und war glücklich, daß ich endlich rechts und links in der Ferne Mauern sah, aber diese langen Mauern eilen so schnell aufeinander zu, daß ich schon im letzten Zimmer bin, und dort im Winkel steht die Falle, in die ich laufe.«
»Du mußt nur die Laufrichtung ändern«, sagte die Katze und fraß sie.

Lesen Sie diesen kleinen Text zunächst einmal laut und deutlich. Achten Sie bitte besonders auf die Artikulation: Verschlucken Sie keine Silben und Konsonanten, sprechen Sie nicht so schnell! Sprechen Sie das »a« in »aber« lang, ebenso das »o« in »schon«.
Wechseln Sie das Tempo. Überlegen Sie, wo Sie Sprechpausen einfügen können, um die Spannung zu erhöhen. Versuchen Sie sich in die kleine Maus hineinzuversetzen, Sie können dann leichter Angst, Glück und Verzweiflung stimmlich darstellen.
Nun sprechen Sie den Text noch einmal, eventuell auf Band. Versuchen Sie bitte die folgenden Hinweise sprecherisch umzusetzen. Die in Klammern gesetzten Teile denken Sie sich bitte dazu; die Vorstellung hilft Ihnen, den Ausdruck leichter zu treffen.

Autor und Titel sprechen Sie, als antworteten Sie auf Fragen.
(»Wer hat den Text geschrieben?«) – »Franz Kafka.«
(»Wie heißt diese Geschichte?«) – »Kleine Fabel.«
»Ach«, (kurze Pause) sagte die Maus, »die Welt wird enger mit jedem Tag (bei ›Tag‹ die Stimme senken). Zuerst war sie so breit (langes sooo), daß ich Angst hatte, (bei ›Angst‹

gedanklich leicht erschrecken), ich lief weiter und war glücklich (das Wort ›glücklich‹ mit einem leichten Lächeln aussprechen), daß ich endlich rechts und links (sehen Sie in Gedanken nach rechts und links) in der Ferne Mauern sah (Pause, das folgende etwas resigniert), aber (langes ›a‹) diese langen Mauern eilen so schnell aufeinander zu, (etwas schneller werden bei ›so schnell‹), daß ich schon (langes ›o‹) im letzten Zimmer bin (verharren Sie gedanklich etwas auf der Schwelle, sehen Sie sich in dem Zimmer um, sehen Sie dann erst die Falle) und dort im Winkel steht die Falle, in die ich laufe« (Stimme leicht resigniert senken).

Die Geschichte ist aber noch nicht zu Ende:
– »Du mußt nur die Laufrichtung ändern«, sagte die Katze und fraß sie.
Stellen Sie sich verschiedene Katzentypen vor: alte und junge, forsche und zurückhaltende, behäbige und flinke, »freundliche« und verschlagene ... (vgl. »Ja«-Übung und »Mübüdümünüsü-Übung). Sprechen Sie den Text der Katze in der Interpretation Ihrer Wahl (die Kafka-Interpretation ist für diese Übung zunächst nicht von Bedeutung).
Lassen Sie die Geschichte mit den letzten Worten des Erzählers spannend ausklingen. Lassen Sie die Stimme bei dem Wort »Katze« nicht spannungslos absinken. Dann wäre die Geschichte zu Ende: »... sagte die Katze.«
Lassen Sie Ihre Stimme in der Schwebe. Die Spannung bleibt erhalten: »... sagte die Katze (Stimme »oben« lassen, Pause) und fraß sie (sagen Sie das »fraß sie« genüßlich-gierig).

Hören Sie Ihre sprecherische Interpretation kritisch an, wiederholen Sie Ihre Versuche: Sie werden erstaunt sein, wie sich die Geschichte verändert, wie die Geschichte von

Mal zu Mal mehr Gestalt annimmt, wie es Ihnen immer besser gelingt, das auszudrücken, was Sie meinen und sagen wollen.

Unterhalten Sie Ihr Publikum

So lautet eine der wichtigsten Grundregeln der Rhetorik. Der Redner darf nicht langweilen. Eine Rede soll immer Unterhaltungswert haben und der Redner soll sein Publikum immer unterhalten. Wir verstehen unter Unterhaltung keine Witze und keine Büttenreden. Ein Redner unterhält sein Publikum in unserem Sinne dann, wenn die Zuhörer gern und aufmerksam zuhören.
In den folgenden Abschnitten finden Sie einige Hinweise, wie wir als Redner dieses Gebot erfüllen können.

Notwendige Vorüberlegungen

Bevor überhaupt gesprochen wird, sei es nun in Form einer Rede oder in einem Gespräch, sollten wir uns über einige Punkte ganz intensiv Gedanken machen:

»Wovon/worüber	Thema
will ich	Redner
wen	Publikum
warum	Motivation/Engagement
wann und wo	Ort und Zeit (vgl. Situation)
wie und womit	Argumentation

überzeugen/informieren?« Ziel

Betrachten wir die wichtigsten drei Fragen einmal genauer. Von unseren Antworten auf diese Fragen hängt es ab, welche der möglichen Mittel wir in der jeweiligen Rede einsetzen.

1. Wie lautet mein Thema?

Eine präzise Antwort auf diese Frage hilft Ihnen, beim Thema zu bleiben, gedankliche Umwege bereits in der Redeplanung zu erkennen und Abschweifungen zu vermeiden. Sie können ein zu umfangreiches Thema eingrenzen beziehungsweise gezielt erweiternde Bereiche mit aufnehmen.

2. Was ist mein Ziel?

Helmut Heißenbüttel führte bei der Verleihung des Georg-Büchner-Preises aus:

»Eine Rede ist eine Rede, nur wenn sie einen Anlaß hat. Es gibt keine Rede ohne Anlaß ... Der Anlaß der Rede ist die Ursache der Rede. Die Rede entfaltet sich ursächlich aus ihrem Anlaß. Der Anlaß ist der Ursprung des Konzepts der Rede. Das Konzept der Rede entfaltet sich ursprünglich aus dem Anlaß. Es gibt viele Anlässe ... Die Hauptsache ist der Schluß, denn wenn man weiß, wo man hin will, weiß man auch, was man zu sagen hat.«

Redeziele lassen sich in drei Gruppen unterteilen:

- informieren,
- appellieren,
- unterhalten.

Beim *Informieren* geht es darum, dem Publikum Erkenntnisse mitzuteilen und Neuigkeiten weiterzugeben.

Referate und wissenschaftliche Vorträge haben in der Regel das Ziel zu informieren.

Ist das Redeziel *Appellieren*, so geht es darum, die Zuhörer zum Denken oder Handeln im Sinne des Redners zu bewegen.

Überzeugen, auffordern, fordern, bitten, motivieren, anregen sind hier weitere Unterteilungen der appelativen Rede.
Wahlreden, argumentative Beiträge in Diskussionen und Debatten gehören in diese Gruppe.
Begrüßungen, Ehrungen, Reden auf Jubiläen und Feiern haben in der Regel das Ziel zu *unterhalten*. Unter diesem Ziel ist auch die Gelegenheitsrede zu sehen.
Manchmal sind die Grenzen fließend. Eine Präsentation will zum Beispiel nicht nur informieren, sondern auch zum Kauf oder zur Annahme der Idee anregen.

3. Wer ist mein Publikum?
Sprache, Wortwahl, Satzbau und Sprechweise sollten dem Publikum angemessen sein. Vor Berufskollegen sollten wir anders sprechen als vor einem gemischten Publikum, vor sechzehnjährigen Realschulabsolventen anders als vor Hauptschulabsolventen.
Für den Erfolg unserer Rede ist es notwendig zu wissen, ob das Publikum grundsätzlich mit uns einig ist oder ob wir mit Widerspruch zu unseren Ausführungen rechnen müssen.
So kann eine Eingangsbehauptung ein Publikum beispielsweise zu Beifallsstürmen bringen, während bei einem anderen Publikum die Atmosphäre im Saal zu Eis erstarrt.

4. In welcher Rolle spreche ich?
Im Zusammenhang mit den drei vorweg genannten Fragen gewinnt die Frage nach meiner Rolle eine entscheidende Bedeutung.
Beispiele für unterschiedliche Rollen – und den damit verknüpften Erwartungen des Publikums – sind:
Gleicher unter Gleichen, Privatmann, Kandidat, Verkäufer, Experte, Lehrer, Chef usw.
Die Erwartungen des Publikums richten sich auch danach,

ob der Redner als Verfechter oder als Gegner einer Meinung bekannt ist, ob er als Fachmann oder Laie auftritt.

5. In welcher Situation rede ich?
Hier beachten Sie den Ort, den Raum und die Zeit. Es ist ein bedeutender Unterschied, ob Sie Ihren Vortrag morgens oder abends, in einem kleinen Raum oder in einem Vortragssaal halten.
Wird viel oder wenig Publikum erwartet?
Überprüfen Sie – möglichst vorher – die Mikrofonanlage. Bei manchen Mikrofonen kann der Abstand ruhig etwas größer sein, andere hingegen müssen wir fast mit den Lippen berühren, wenn die Übertragung einwandfrei sein soll.
Tageslichtschreiber, Diaprojektoren und andere Medien sollten auch auf ihre Funktion hin überprüft werden.
Zum allgemeinen Begriff der »Situation« gehört auch die Überlegung, ob Sie allein reden oder als einer von mehreren. Informieren Sie sich, an welcher Stelle Ihr Beitrag vorgesehen ist. Überlegen Sie, was Ihre Vorredner ungefähr sagen, um Wiederholungen möglichst auszuschließen.

Wie können wir nun erreichen, daß wir als Redner unser Publikum nicht langweilen?
Wer ist nicht schon einmal zu einem Vortrag gegangen, dessen Thema vielversprechend klang? Wer ist nicht schon einmal von so einer Veranstaltung enttäuscht nach Hause gegangen, weil der Vortrag – oder der Redner – langweilig war?
Warum war das so? Anstatt zu uns, zum Publikum, zu sprechen, hat der Redner zu seinem Thema gesprochen, war abstrakt, theoretisch, hat unser Herz nicht erreicht. Es ist erforderlich, *zu den Menschen* zu sprechen und *nicht nur zur Sache.*
Manchmal scheuen sich Redner, allgemeinverständlich

und anschaulich zu sprechen, getreu dem Motto: »Als er es wagte, einen packenden und fesselnden Vortrag zu halten, war sein Ruf als ernstzunehmender Wissenschaftler dahin.«

Müssen »anspruchsvolle« wissenschaftlich-theoretische Themen langweilend-abstrakt dargeboten werden? Die Antwort ist ein klares: »Nein!« Im angelsächsischen Sprachraum ist es für einen Wissenschaftler keine Schande, seine Ergebnisse verständlich und spannend mitzuteilen. Attraktives Sprechen führt nicht zwangsläufig zu Ungenauigkeit.

Ralph Waldo Emerson sagt dazu: »Ein Beweis hoher Bildung: die größten Dinge auf einfachste Art zu sagen.« Emerson war Amerikaner.

Früher erkannte man den Gebildeten an der Klarheit seiner Sprache. Heute erkennt man in Deutschland den Ausgebildeten an seinem Berufschinesisch.

Wie können wir unser Publikum dazu bringen, uns gern und aufmerksam zuzuhören?

Der Einleitung kommt hier die entscheidende Funktion zu. Das Publikum fällt bereits in der Anfangsphase die Entscheidung über den Redner: »Ist er/sie sicher, sympathisch, kompetent...?«

Dieses erste Urteil, dieser erste Eindruck kann, wenn überhaupt, nur sehr schwer wieder verändert werden.

In der Einleitung müssen unterschiedliche Aufgaben gelöst werden:

- Es soll Kontakt zum Publikum hergestellt werden.
- Die Einleitung soll zum Thema hinführen.
- Mit der Einleitung soll die Aufmerksamkeit geweckt werden.

Über diese Forderungen haben sich schon viele Redner Gedanken gemacht – und das seit Jahrtausenden! Bereits im vierten vorchristlichen Jahrhundert hat sich in Griechenland der Denker, Dichter, Mathematiker, Redner, Lehrer und Politiker Aristoteles damit befaßt. Aus seiner überlieferten »Rhetorik« lassen sich folgende Hinweise ableiten:

Redetips nach Aristoteles

Für den Erfolg ist es notwendig, fünf Punkte zu beachten:
1. Aufmerksamkeit wecken!
2. Thema nennen!
3. Gefühl ansprechen!
4. Verstand ansprechen!
5. Schluß.

Zu diesem zentralen Bereich der Redeplanung nun einige Erläuterungen:

Aufmerksamkeit wecken!

Die Ursachen für mangelnde Aufmerksamkeit sind vielfältig:
- die Notwendigkeit langer formeller Begrüßungen,
- langatmige Vorredner,
- störende Kellner usw.

Was hilft uns die beste Rede, was nützt die intensivste Vorbereitung, wenn uns unser Publikum keine Aufmerksamkeit schenkt? Wir brauchen keine Geschenke, wir können uns die Aufmerksamkeit des Publikums auch durch eine der folgenden »Eröffnungen« sichern:
- Behauptung
  Eine Behauptung kann das Publikum gleich zu Beginn aufrütteln. Gelegentlich darf eine Behauptung auch leicht provozierend sein, aber nicht zu sehr, damit sich der Redner nicht plötzlich einem Saal voller Feinde gegenübersieht.
- Aktueller Aufhänger

Hier ist zweifache Aktualität möglich: a) Ort, b) Zeit.

a) Das Publikum in Hamburg wird genau hinhören, wenn der Redner mit einem aktuellen Hamburger Problem beginnt; derselbe Redner wird sich mit derselben Rede in München jedoch mit einer Aktualität aus der bayerischen Landeshauptstadt das Ohr der Zuhörer öffnen!
Im Bundestagswahlkampf ist das sehr gut zu beobachten, wenn Parteiprominenz durch das Land reist.

b) Die allerletzte Nachricht, die jüngste Information, läßt das Publikum ebenfalls aufhorchen.
Diese »latest news« sollten aber wirklich neu und aktuell sein.

- Humorvoller Einstieg
Nicht nur bei Reden mit dem Ziel »unterhalten« ist etwas Lustiges am Anfang angebracht. In entspannter Atmosphäre hören auch diejenigen zu, die nicht unbedingt der Meinung des Redners sind. So wird oft zu Beginn das »Eis« gebrochen.
- Persönliches Erlebnis
Viele Predigten und Andachten in Radio und Fernsehen (Wort zum Sonntag) beginnen damit, daß der Redner erzählt, was er vor einiger Zeit erlebt hat.
Wir Menschen sind immer sehr neugierig, also hören wir auch hier anfangs sehr aufmerksam zu.
- Historischer Rückblick
Fangen Sie nicht immer im alten Rom oder im alten Ägypten an, sondern wählen Sie auch gelegentlich Ereignisse aus der jüngeren und jüngsten Geschichte.
Gehen Sie mit dem geschichtlichen Rückblick jedoch sparsam um, wir treffen ihn bereits allzu häufig an.
- Frage
Eine Frage bindet die Zuhörer meistens sehr intensiv in die Rede ein und weckt dadurch die Aufmerksamkeit.
(Mehr dazu im Abschnitt über die »Rhetorische

Frage«.) Stellen Sie die Frage so, daß allen klar ist, daß Sie keine Antwort erwarten!

- Anekdote
  Die Anekdote ist in der Regel kurz. Wählen Sie die Anekdote nicht um ihrer selbst willen. Sie soll harmonisch zum Thema führen und nicht »aufgesetzt« erscheinen.
- Zitat
  Hier gilt dasselbe wie bei der Anekdote.
  (Mehr zum Zitat finden Sie in einem besonderen Kapitel.)
- Etwas zeigen
  Wenn das Publikum etwas zu sehen hat, ist die Aufmerksamkeit geradezu garantiert. Zeigen Sie Bilder, Dias, Folien oder Gegenstände, ganz wie es zu Ihrem Thema paßt.
  Ein Förster, der in einem Seminar über das Waldsterben sprach, hatte in der Mittagspause zwei Tannenzweige aus dem Wald geholt. Zu Beginn seines Vortrages stand er stumm vor seinen Zuhörern und zeigte die Zweige: einen gesunden und einen geschädigten. Die Aufmerksamkeit war ihm sicher!
- Schweigen (mit Blickkontakt!)
  Diese Methode ist uns aus der Schulzeit noch bekannt. Gewöhnen Sie sich daran, die Zeit richtig einzuschätzen: Manchmal kommen dem schweigenden Redner bereits wenige Sekunden wie eine kleine Ewigkeit vor. Halten Sie unbedingt Blickkontakt, denn wenn Sie in Ihren Unterlagen blättern, wird es eher noch unruhiger.
  Das Publikum darf nicht zu groß sein.

2. Thema nennen!

Dieser Punkt sollte sich harmonisch aus Punkt 1 ergeben, die Eröffnung soll in das Thema führen und nicht »aufgesetzt« wirken.
Bei Sachthemen ist es oft sinnvoll und für das Publikum hilfreich, einen kurzen Überblick über die einzelnen Gliederungspunkte zu geben. Beachten Sie jedoch auf jeden Fall, daß diese Übersicht nicht zu lang und ausführlich gerät.
Tucholsky schreibt dazu in seinem bissigen Text *Ratschläge für einen schlechten Redner:* »... du mußt dir nicht nur eine Disposition machen, du mußt sie den Leuten auch vortragen – das würzt die Rede.«

3. Gefühl ansprechen!

Wie können wir nun unsere Rede so planen und halten, daß wir nicht nur die Aufmerksamkeit der Zuhörer erlangen, sondern sie auch behalten und steigern?
Viele Redner sprechen, gerade auch bei Sachthemen und Fachvorträgen, nur den Kopf an. Das führt oft dazu, daß sie »über die Köpfe hinweg« reden.
Eine Rede ist aber nur dann besonders wirkungsvoll und erfolgreich, wenn wir den ganzen Menschen ansprechen, wenn wir nicht nur den Kopf ansprechen, sondern auch das Herz oder das Gefühl.
Wir werden überwiegend von unseren Gefühlen gesteuert, von unseren Instinkten, von unserem Unterbewußtsein, von unseren irrationalen Wünschen.
Die Psychologie spricht von der »Eisbergtheorie«, nach der wir zu etwa 80 Prozent gesteuert sind und sich nur etwa 20 Prozent unserer Entscheidungen auf rationale Überlegungen zurückführen lassen. Die 20 Prozent entsprechen der Spitze des Eisbergs, während die 80 Prozent »Bauch« unsichtbar unter der Oberfläche bleiben.

Eisbergtheorie

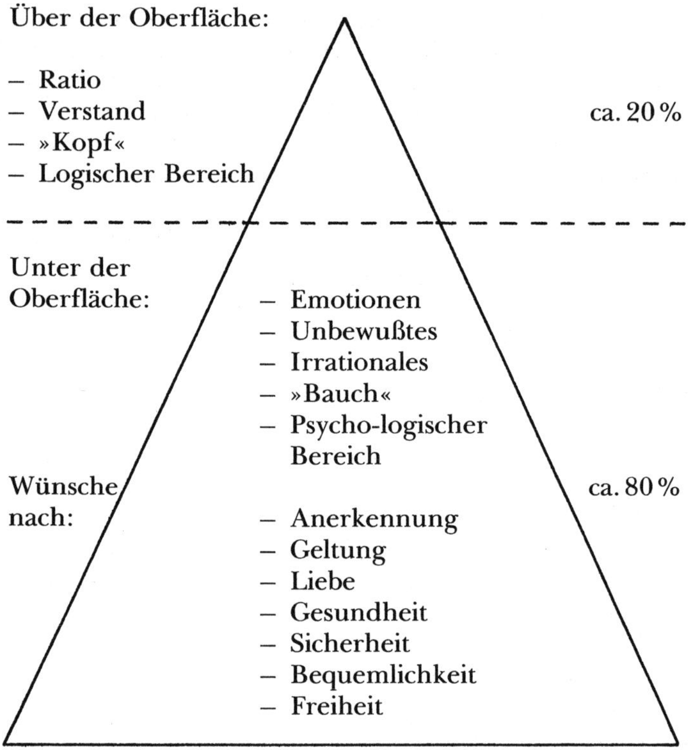

Folgende Anregungen helfen Ihnen dabei, nicht nur den Kopf des Zuhörers anzusprechen, sondern den ganzen Menschen, auch das Gefühl und das Herz, zu erreichen:

- »Wir«/»Sie« (vermeiden Sie das unpersönliche »man«)
  Durch direktes Ansprechen beziehen Sie das Publikum ein, die Zuhörer folgen Ihren Gedanken leichter.
  Vergleichen Sie: »Wie allgemein bekannt ist, liegt unsere Umwelt sehr krank darnieder. Man müßte doch eigentlich etwas tun.«
  »Wenn wir mit offenen Augen durch die Natur gehen, sehen wir vielfältige Umweltschäden. Lassen Sie uns daher gemeinsam überlegen, wo jeder von uns bei sich zu Hause beginnen kann, etwas für die Umwelt zu tun!«
- Anschaulichkeit herstellen durch Beispiele und Vergleiche
  Zu diesen Möglichkeiten finden Sie im Kapitel »Anschaulichkeit« weitere Hinweise und Übungsvorschläge.
  Sie können Bilder, Dias, Folien, Karten, Diagramme usw. zeigen, Sie haben jedoch auch die Möglichkeit, sprachliche Bilder zu entwerfen.
- Rhetorische Fragen
  Auch hierzu finden Sie einen eigenen Abschnitt.
- »Müssen«?
  Vermeiden Sie Befehle und kommandoähnliche Aufforderungen. Niemand hört es gern, daß er etwas »muß« oder »nicht darf«. Kleiden Sie diese Aussagen in Fragen oder Vorschläge. Ist es für den Zuhörer nicht angenehmer, ein »wir müssen« in Form eines Vorschlags präsentiert zu bekommen, auch wenn die Zwänge und Notwendigkeiten sehr stark sind?

4. Verstand ansprechen!

Soll ein Vortrag oder auch eine Meinungsrede nicht nur aus Schlagworten, Behauptungen und Appellen bestehen, so ist auch rationale Argumentation notwendig, beispielsweise durch Zahlen, Fakten, Belege. Wie Zahlen und Fakten allerdings gefährlich »aufbereitet« werden können, lesen Sie in dem Kapitel »Anschaulichkeit«.

5. Schluß

Ein guter Schluß ist entscheidend für den Erfolg einer Rede. Es ist sehr peinlich, wenn der Redner die Rede beendet hat und niemand hat es bemerkt. Rettung wird häufig in Formulierungen gesucht wie: »Äh, das war's eigentlich« oder »Ich danke für Ihre Aufmerksamkeit«.
Der Schluß soll einerseits das Ende der Ausführungen markieren, andererseits aber auch »schlüssig«, als »Schluß«folgerung aus dem zuvor Gesagten hervorgehen.
Elegant ist es, wenn der Schluß den Bogen zu einer entsprechenden Einleitung spannen kann und so die Rede abrundet.
Der Schluß soll klar strukturiert sein und das Redeziel wirksam unterstreichen.
Folgende Möglichkeiten bieten einen wirksamen Schluß an:

- Appell, Forderung
- Bitte
- Ziel- oder Zwecksatz
- Zusammenfassung, Ausblick
- Abrundung usw.

Welche Punkte aus der Palette der aufgeführten Möglichkeiten Sie zu 1., 2., 3., 4. und 5. wählen, hängt zu einem sehr großen Teil von der Beantwortung der eingangs genannten Fragen ab.

Anschaulichkeit

»Wiesbaden (dpa) – Der bisher größte Schlag gegen den Kokainhandel in der Bundesrepublik Deutschland ist den Behörden mit der Sicherstellung von einer Tonne der weißen Droge in Frankfurt/Main gelungen. Diese Menge hat nach Angaben des Zolls einen Marktwert von rund 200 Millionen Mark. Das Rauschgift hätte ausgereicht, um fast 10 000 Kokainabhängige ein Jahr lang zu versorgen, berichtete das BKA am Mittwoch in Wiesbaden.«

Süddeutsche Zeitung vom 11. 10. 1990

Wir können dem Publikum das Zuhören sehr erleichtern, wenn wir eine abstrakte Redeweise vermeiden. Wie bereits in den Redetips nach Aristoteles erwähnt, helfen uns dabei Anschaulichkeit, Beispiele und Vergleiche.
Welche Beispiele und Vergleiche wir wählen, hängt nicht zuletzt von unserem Redeziel ab. Wollen wir etwas als sehr groß und bedeutend erscheinen lassen? Oder wollen wir die Bedeutung lieber herunterspielen?
Beantworten Sie bitte folgende Fragen nicht in mathematisch-physikalischem Sinne, sondern nach Ihrem spontanen Gefühl:

1. Was ist mehr: 20 Zentner, 1 Tonne oder 1000 Kilogramm?
2. Was würden Sie in der Lotterie lieber gewinnen? 500 000 Mark oder eine halbe Million?
3. In der Bundesrepublik Deutschland fielen 1988 etwa 30 Milliarden Kilogramm Hausmüll an. Können Sie sich unter dieser Zahl etwas vorstellen?
4. »Etwa 90 000 Menschen sterben jährlich auf Europas Straßen (ohne UdSSR), dies bedeutet 250 Verkehrstote jeden Tag.«

Nürnberger Nachrichten vom 6./7. 10. 1990

90 000 Tote im Jahr, das klingt bereits schlimm. 250 Verkehrstote jeden Tag macht die Tatsache noch bedrückender. In der Rede sprechen Sie wirksam von mehr als zehn Toten pro Stunde oder von einem Verkehrsopfer alle fünf Minuten. Ihr Publikum wird Ihrem Appell nach mehr Sicherheit im Straßenverkehr bereitwillig folgen.

5. Im Kommunalwahlkampf einer süddeutschen Stadt warf die Opposition der Mehrheitsfraktion vor, die Schuldenlast der Gemeinde auf knapp eine Milliarde Mark erhöht zu haben.
   Der Kandidat wollte relativieren und sprach von einer Pro-Kopf-Verschuldung von lediglich 2250,– DM.
   Der Herausforderer konterte: »Dafür muß die Kassiererin im Supermarkt über zehn Wochen (er sagte nicht zweieinhalb Monate!) lang arbeiten, die Krankenschwester sechs Wochen, der Arbeiter auch durchschnittlich einen Monat ...«

Übung

Machen Sie die 30 Millionen Tonnen Müll anschaulich. Stellen Sie sich unterschiedliche Redeziele und unterschiedliche Zuhörergruppen vor.

Lösungsvorschläge

Sie verharmlosen das Problem, indem Sie teilen: 30 Milliarden durch 60 Millionen ergibt 500.

Für unser Beispiel heißt das, daß auf jeden Bundesbürger etwa 500 Kilogramm Müll pro Jahr kommen, und das ist etwas mehr als ein Kilo pro Kopf pro Tag!

Ein Liter Milch (in der müllintensivsten Verpackung) bringt auch etwa ein Kilogramm auf die Waage, und das sieht doch nun wirklich nicht nach viel aus!

Das spezifische Gewicht spielt für den Zuhörer zunächst keine Rolle. Stellen Sie mal jemandem die Frage: »Was ist schwerer: Ein Kilo Blei oder ein Kilo Federn?«

Sie machen das Problem drängend, indem Sie

- den Müllberg mit einem bekannten Berg wie Watzmann, Zugspitze o. ä. vergleichen,
- errechnen, welchen See man mit dem Müll zuschütten könnte.
- Mit dieser Müllmenge kann man ganz Deutschland – inklusive Ihres Vorgartens – mit einer 35 Zentimeter hohen Müllschicht bedecken!

Lassen Sie den Güterzug nach Möglichkeit nicht rollen, er wird zu oft strapaziert.

Medieneinsatz, Visualisierung

»Ein Bild sagt mehr als tausend Worte.«
Frederic Vester unterscheidet in seinem Buch »Denken, Lernen, Vergessen« vier Methoden der Informationsaufnahme.

1. Intellektuell: durch abstrakte Darstellungen
2. Visuell: durch Sehen und Beobachten
3. Auditiv: durch Hören und Sprechen
4. Haptisch: durch Fühlen und Anfassen

Der »übliche« Vortragsredner wendet sich überwiegend an den intellektuellen, bei Diskussionen noch an den auditiven Lerntypen. Im Publikum sind aber alle Lerntypen vertreten. Mit der Rede an den intellektuellen Lerntypen erreichen Sie nur einen kleinen Teil Ihrer Zuhörer. Sprechen Sie auch den nichtintellektuellen Lerntypen an, indem Sie »bildhaft«, »begrifflich«, »dialogähnlich«, »anschaulich« formulieren.
Visuelle Hilfsmittel erleichtern dem Zuhörer das Verstehen und Mitdenken und tragen damit wesentlich zum Erfolg Ihres Vortrages bei. Nach einer Faustregel behält der Mensch:

20 Prozent dessen, was er hört,
30 Prozent dessen, was er sieht,
50 Prozent dessen, was er hört und sieht.

Erfolgreiche Redner setzen daher visuelle Hilfsmittel ein. Der Vortrag wird durch optische Gestaltung unterstützt und aufgelockert. Sie sprechen damit auch den visuellen Lerntypen an.
Welche visuellen Hilfsmittel stehen uns zur Verfügung?
Die gute alte *Wandtafel* hat noch lange nicht ausgedient. Allerdings ist es sehr zeitraubend und staubig, Informationen an die Tafel zu schreiben oder zu zeichnen.
Die *Flipchart* ermöglicht die optische Unterstützung der Rede. Sie können bei Bedarf schnell eine Skizze auf das Papier zeichnen. Ein nicht zu unterschätzender Vorteil liegt aber darin, daß Sie die Blätter vorbereiten können.
Vorbereiten können Sie auch Folien für den *Tageslichtprojektor* oder *Overheadprojektor*. Achten Sie darauf, daß Sie dem Zuhörer, der nun auch zum Zuschauer geworden ist, nicht den Blick verstellen. Sie können mit einem Stift auf dem Projektor wichtige Punkte zeigen, die umständliche Arbeit mit dem Zeigestab entfällt. Sie haben mit diesem Gerät die Gelegenheit, stets dem Publikum zugewandt zu sprechen.
Wenn Sie Anschauungsmaterial oder »Thesenzettel« benutzen, so teilen Sie diese Hilfsmittel so rechtzeitig aus, daß die Zuhörer sich vor Ihrem Referat damit vertraut machen können. Eine Austeilaktion während des Vortrags erzeugt zuviel Unruhe und Ablenkung.

Präsentation

Eine Sonderform des Vortrags ist die Präsentation. Sie wollen eine Zuhörergruppe von einer Idee, von einem Produkt überzeugen. Präsentation finden wir in Universitäten, Kongressen, Konferenzen in Handel und Industrie sowie im Dienstleistungsbereich.
Gute Ideen oder Produkte werden oft nicht angenommen, weil sie ohne rechte Überzeugungskraft vorgestellt werden. Die Eindringlichkeit Ihrer Präsentation entscheidet über den Erfolg. Reden allein ist jedoch bei der Präsentation nicht einprägsam genug. Hier hilft die Visualisierung zusammen mit dem Vortrag, ein optimales Ergebnis zu erzielen. Visuell unterstützte Vorträge garantieren ein Vielfaches an Aufmerksamkeit und damit den Erfolg.
Bereits in der Antike nutzten die Redner die Vorteile der optischen Darstellung. Sie malten Bilder auf große Schautafeln und ließen sie an der entsprechenden Stelle des Vortrages zeigen.
Heute bieten die audiovisuellen Medien einfachere Lösungen. Der Overheadprojektor eignet sich hervorragend. Sie können die »Bilder« in Form von Folien in Ruhe vorbereiten. Darüber hinaus bietet der Handel zu vielen Themenbereichen ausgezeichnete Foliensätze.
Nutzen Sie die Vorteile der Visualisierung: Sie steigern den Wirkungsgrad Ihrer Rede damit ganz erheblich!

Redevorbereitung, Planung

In dem Abschnitt über das Lampenfieber wird beschrieben, daß eine intensive und umfassende Vorbereitung dem Redner ein großes Maß an Sicherheit gibt.
Jeder hat wohl seine eigenen Gewohnheiten entwickelt, sich auf wichtige Anlässe vorzubereiten. Dennoch fragen Seminarleiter immer wieder, wie denn eine Rede optimal vorbereitet werden kann. Überprüfen Sie Ihre eigenen Vorbereitungsgewohnheiten, und beantworten Sie sich folgende Fragen:

1. Sie werden gebeten, zu einem Thema aus Ihrem beruflichen Erfahrungsbereich einen Aufsatz von ca. 30–35 Seiten DIN A4 zu verfassen.
   Wieviel Zeit benötigen Sie schätzungsweise, um diese Aufgabe zu bewältigen?
   Antwort: insgesamt ... Stunden.

2. Sie haben gerade begonnen, sich gedanklich mit Ihrem Thema auseinanderzusetzen, als die Aufgabe dergestalt geändert wird, keinen Aufsatz zu verfassen, sondern einen Vortrag von einer halben Stunde Länge zu halten.
   Wieviel Zeit benötigen Sie schätzungsweise, diese Rede vorzubereiten?
   Antwort: insgesamt ... Stunden.

Die Antworten der Seminarteilnehmer auf die erste Frage fallen recht unterschiedlich aus. Von einem Tag, mit dem einige auszukommen annehmen, über drei bis vier Tage, wie die meisten schätzen, bis hin zu einer Woche reicht das Spektrum der Antworten.
Die zweite Frage wird regelmäßig ganz anders beantwortet. Hier wird die kürzeste Vorbereitungszeit mit einer bis

zu zwei Stunden angenommen, die meisten schätzen vier bis fünf Stunden, wenige nur glauben, sich einen ganzen Tag oder länger vorbereiten zu müssen.

Auflösung
Ein Vortrag, eine Rede von ca. 30 Minuten entspricht etwa einem geschriebenen Text von 30–35 Seiten DIN A4 mit breitem Rand! Dieser kleine Versuch zeigt deutlich, daß dem geschriebenen Wort wesentlich mehr Bedeutung beigemessen wird als dem gesprochenen. Das scheint auch ganz einleuchtend: Aufsätze zu schreiben haben wir alle in der Schule gelernt; frei zu reden jedoch kaum.
Daher ist es auch kein Wunder, wenn wir allenthalben »Schreiben« vorgelesen bekommen und kaum noch »Reden« gehalten werden.
Wenn wir der Vorbereitung der *freien* Rede nur annähernd so viel Zeit widmen wie dem geschriebenen Text, fühlen wir uns am Rednerpult wesentlich sicherer und wirken für unser Publikum kompetent und strahlen natürliche Autorität aus.
Hier nun ein Vorschlag, wie Sie Ihre Rede optimal vorbereiten können:

- Machen Sie zunächst eine Stoffsammlung. Schreiben Sie Ihre Gedanken jedoch nicht auf ein großes Blatt Papier, sondern auf mehrere kleine Zettel oder Karten (DIN A7).
- Ordnen Sie die Zettel mit der Stichwort-Stoffsammlung in eine chronologische oder logische Reihenfolge.
- Nehmen Sie nun die Zettelchen nacheinander zur Hand und sprechen Sie zu jedem Stichwort einen oder mehrere Sätze.
- Ändern Sie die Reihenfolge, fügen Sie Fehlendes hinzu, nehmen Sie Überflüssiges heraus.
- Machen Sie einen zweiten Sprech-Denk-Versuch anhand Ihrer Stichwortzettelchen. (Sie haben immer noch keinen ganzen Satz schriftlich fixiert!)

- Überlegen Sie sich Beispiele und Möglichkeiten, Ihr Thema anschaulich zu gestalten.
- Machen Sie einen dritten Sprech-Denk-Versuch. Schauen Sie auf die Uhr und kontrollieren Sie Ihre Sprechzeit.
- Kürzen Sie!
- Schreiben Sie sich Ihren Stichwortzettel (etwa DIN A5), um die Anzahl der Blätter zu verringern. Formulieren Sie gegebenenfalls den Anfang und den Schluß wörtlich aus.
- Probieren Sie Ihren Stichwortzettel in einem vierten Sprech-Denk-Versuch aus. Zeitkontrolle!

  Haben Sie Ihren Vortrag, Ihre Rede so intensiv vorbereitet – und allein die Sprech-Denk-Versuche haben ja schon etwa drei Stunden in Anspruch genommen –, sind Sie mit Ihrem Text derart vertraut, daß Sie ein ausformuliertes Manuskript nur noch als eine Belastung empfinden würden.

  Es ist sinnvoll, die Vorbereitung nicht erst in letzter Minute zu beginnen. Lassen Sie die Rede in Ihrem Kopf »wachsen«. Gedanken kommen zu den unwahrscheinlichsten Zeiten. Damit nichts verlorengehen kann, sollten Sie Ihre Ideen sofort notieren und den Stichwortzettelchen hinzufügen.

Redezeit

»Bonner Stunde hat 66 Minuten
Bonn (AP) – Nicht nur in Bayern, sondern auch in Bonn gehen die Uhren anders: Die ›Bonner Stunde‹, die Zeiteinheit für Parlamentsreden, wird ab sofort um fünf auf 66 Minuten verlängert...
Nach einer Übereinkunft von Koalitionsfraktionen und SPD werden der PDS pro Debattenstunde ab sofort fünf Minuten Redezeit zugebilligt. Den Koalitionsfraktionen stehen weiterhin 34 Minuten pro Stunde zu, der SPD 20 Minuten und den Grünen sieben Minuten, was ohne weiteres bereits 61 Minuten waren...«

vgl. Nürnberger Nachrichten v. 25. 10. 1990

Nicht nur Parlamente kennen Redebegrenzungszeiten, gelegentlich ist die Redezeit auch in anderen Situationen begrenzt. Ihnen stehen fünf oder zehn Minuten, eine halbe oder dreiviertel Stunde für Ihren Vortrag oder für Ihr Statement zur Verfügung.
Die Einladung zu einer Podiumsdiskussion enthält in der Regel einen Hinweis darauf, wie lange Ihr Eingangsstatement dauern darf. Üblich sind zehn bis 15 Minuten, je nach Teilnehmerzahl und Gesamtzeit der Veranstaltung.
Bei vielen Gelegenheiten reden außer Ihnen noch andere.

Hier ist es äußerst unhöflich, die Redezeit zu überschreiten. Wenn Ihre Redezeit verstrichen ist, können Sie den Satz oder den Gedanken selbstverständlich noch zu Ende führen, sollten jedoch bald die Rede oder das Statement abschließen.

In der Vorbereitung haben Sie zwar auf die Uhr gesehen, aber am Rednerpult erreichen Sie andere Zeitwerte. Wenn Sie vor der Zeit fertig sind, ist das kein Problem; schwierig wird es, wenn wesentliche Teile Ihres Vortrages der Zeitbegrenzung zum Opfer fallen.

Der *Zeitjoker* hilft Ihnen, in solchen Situationen gelassen zu reagieren: Bauen Sie in das letzte Viertel Ihres Vortrages einen Abschnitt ein, der bei genügend Zeit berücksichtigt werden kann. Wenn Sie in Zeitnot geraten, lassen Sie ihn einfach weg. Der Zeitjoker darf die Rede weder unnötig aufblähen noch zum Verständnis unbedingt notwendig sein.

Redegliederung

Wirksamkeit und Erfolg einer Rede sind ohne eine klare Gliederung kaum zu erreichen. Der Zuhörer muß den Gedanken und der Argumentation leicht folgen können. Grundsätzlich folgt der Aufbau einer Rede der bekannten Dreigliedrigkeit: Einleitung – Hauptteil – Schluß.

Aus der Werbung ist die AIDA-Formel übernommen:
A Aufmerksamkeit wecken (attention)
I Interesse leiten (interest)
D Drang zur Handlung erzeugen (desire)
A Abschluß/Appell (action)

Für die Vorplanung einer längeren Rede sowie auch für den schnellen und redewirksamen Entwurf einer Kurzrede (Gesprächsbeitrag, Statement) hat R. Wittsack ein einfaches Frageleitsystem entwickelt, die sogenannte *Wittsack-Formel*:

1. Warum spreche ich?	Punkt 1. nach Aristoteles
2. Was war?/Was ist?	IST-Zustand
3. Was soll sein?	SOLL-Zustand
4. Wie läßt sich das erreichen?	Lösungsvorschläge
5. Was können wir tun?	Schluß, Appell

Die Fragen werden während der Rede nicht laut geäußert,

höchstens die Fragen 2.–4. in Form der rhetorischen Frage. Die Antworten, die der Redner sich selbst gibt, bilden den Kern der Ausführungen.
Selbstverständlich gelten auch für die Kurzrede die Regeln über Anschaulichkeit und Redewirksamkeit.
Aus der Wittsack-Formel läßt sich leicht die *Standpunkt-Formel* ableiten:

1. Sie nennen Ihren Standpunkt (ja oder nein, pro oder contra)
2. Sie begründen Ihren Standpunkt (1–2 Argumente, bei Gesprächsbeiträgen und Statements nicht zu viele auf einmal!)
3. Sie nennen beweiskräftige Beispiele
4. Sie ziehen die Schlußfolgerung
5. Sie fordern zur Handlung auf

Die Standpunktformel ist nicht nur für das Redeziel »informieren« geeignet, sondern gerade im 5. Schritt für das Ziel »überzeugen« bzw. »appellieren«.

Übung

Entwerfen Sie je eine Kurzrede (ca. 2 Minuten) nach der Wittsack-Formel und nach der Standpunkt-Formel.
Falls Sie sich Notizen machen wollen, schreiben Sie bitte höchstens ein paar Stichworte auf, keinesfalls jedoch ganze Sätze oder gar einen Aufsatz!
Tonbandkontrolle.

Ich bin, ich weiß nicht, wer.
Ich komme, weiß nicht, woher.
Ich gehe, weiß nicht wohin –
Mich wundert, daß ich so fröhlich bin!

Angelus Silesius

Der Fünfsatz

Der fröhliche Narr lebt gern nach der Devise: »Wer kein Ziel hat, kann sich auch nicht verlaufen.« Für die Wirksamkeit des gesprochenen Wortes gilt aber: »Wer kein Ziel hat, braucht sich nicht zu wundern, wenn er ganz woanders ankommt!« (F. Mager)
Viele Kurzreden und Gesprächsbeiträge leiden darunter, daß der Sprecher sich »verläuft«. Während des Sprechens fällt ihm noch dieses und jenes ein, und er sagt das dann auch. So kommt der Redner vom Hundertsten ins Tausendste, so daß er selbst schließlich nicht mehr weiß, woher er gedanklich kam, noch wohin er gedanklich wollte. Wie soll dann der Zuhörer oder der Gesprächspartner wissen, was der Redner (von ihm) will!
Hellmut Geißner hat aus der Wittsack-Formel ein Verfahren entwickelt, mit dem sich Kurzreden schnell und zielorientiert planen lassen und redewirksam gesprochen werden können.
Die Planung beginnt mit einer präzisen *Zielsatz*formulierung. Bei diesem Ziel kann es sich um das Hauptziel handeln, in größeren Zusammenhängen – Diskussion oder Debatte – ist es jedoch häufig redewirksamer, zunächst ein Teilziel im Sinne der Salamitaktik anzusteuern.
Für dieses Ziel werden passende Argumente gesucht. Wie viele Argumente eingebaut werden, ist vom Gesamtzu-

sammenhang abhängig. In Diskussionen oder Debatten, wenn wir wiederholt zu Wort kommen, ist es besser, nicht zu viele Argumente auf einmal zu nennen.
Gesprächsanalysen haben ergeben, daß es wirksamer ist, beispielsweise fünfmal zwei Minuten zu sprechen als zweimal fünf Minuten.
Am Ende der Planung steht die Suche nach einer geeigneten Einleitung:

Planung

Ziel
|
Argument —— Argument —— Argument
|
Einleitung

Für den Sprechablauf wird die Struktur einfach umgedreht, und wir reden nach folgender Gliederung:

Sprechablauf

1. Einleitung

2. Argument A   3. Argument B   4. Argument C

5. Ziel

Wenn dem Redner während des Sprechens weitere Gedanken kommen – das läßt sich kaum vermeiden –, kann er sein Ziel vor Augen behalten und aus den neuen Gedanken rasch einen weiteren Gesprächsbeitrag oder eine weitere Kurzrede entwerfen, ohne daß er sich verzettelt und gedanklich »verläuft«.

Manchmal möchten wir uns bereits in unserem eigenen Beitrag mit den Argumenten des Gegners auseinandersetzen, sei es, um Argumente vorwegzunehmen oder zuvor genannte aufzugreifen.
Auch hier hilft der Fünfsatz, bei dessen Planung wir wie oben mit der Formulierung des Zielsatzes beginnen. Gezeigt wird die Struktur des Sprechablaufes:

1. Einleitung

2. contra ——— 3. pro

4. Vergleich/Wertung

5. Ziel

Diese dialektische Struktur nennt die Punkte, die gegen unser Ziel sprechen zuerst, da die später aufgeführten Argumente länger im Ohr des Zuhörers verweilen.

Beispiel
Sie möchten zum Thema »Tempo 100 auf Autobahnen« Ihre Meinung äußern und diese auch gegen andere Meinungen verteidigen können. Zunächst legen Sie fest, welcher Meinung Sie selbst sind: pro oder contra.
Nun sammeln Sie Argumente für Ihre Meinung. Sie legen – möglichst nur stichwortartig – eine Stoffsammlung an.
Um für die Diskussion gewappnet zu sein, ist es hilfreich, sich bereits in der Vorbereitung mit der Argumentation der anderen auseinanderzusetzen. Versetzen sie sich in die »Du-Position«, und stellen sie eine Liste der gegnerischen Argumente zusammen.

So könnte Ihre Planung aussehen:

Reizwort/Thema: Tempo 100

Ziel I: Tempo 100 einführen!

- Umwelt
  a) Luft
  b) Lärm
  c) Landschaft

- weniger Streß
- weniger Staus
- Rohstoffe
- weniger Unfälle
- billiger
- Bundesbahn
- ...

Ziel II: Freie Fahrt!

- persönliche Freiheit
- Zeit
- sichere Autobahnen
- Arbeitsplätze
- Wirtschaft
- Umwelt
- weniger Streß
- Lebensqualität
- ...

In der Stoffsammlung erscheinen die Stichpunkte ziemlich ungeordnet. Ordnen Sie sie also!
Bringen Sie in Ihrem Statement nicht alle Argumente auf einmal, oft gilt es, in Debatten noch einige Pfeile im Köcher zu behalten und zunächst einmal ein Teilziel anzusteuern. Suchen Sie für Ihre Kurzrede (jeder Gesprächs- oder Diskussionsbeitrag ist nichts anderes als eine Kurzrede!) die geeigneten Argumente aus. Ordnen und gliedern Sie. Bitte beachten Sie auch bei der Kurzrede den Punkt 3 der Dramenformel: Gefühl ansprechen!

Planung

Zielsatz: Tempo 100 einführen!

Argument 1:	Argument 2:	Argument 3:
Luft	Landschaft	Lärm

Einleitung: z. B. Zitat

Sprechablauf

Einleitung: Sie fordern freie Fahrt und begründen Ihre Forderung mit dem Grundrecht der persönlichen Freiheit des einzelnen.

1. Haben Sie aber auch bedacht, daß die *Luft*, der Wald, die Natur uns alle angehen und nicht Verfügungsmasse des einzelnen sein dürfen? (eventuell Beispiele, Bilder, Diagramme, Belege ...)
2. Hohe Geschwindigkeiten erfordern großzügig ausgebaute Straßen. Unsere *Landschaft* wird dadurch immer mehr zubetoniert.
   (Stichwort: Versiegelung, Beispiele bringen.)
3. *Lärm* macht krank. Hohe Geschwindigkeiten erzeugen viel Lärm. (Umweltvergiftung durch Lärm, Beispiele, Belege, Zahlen ...)

Zielsatz: Unsere Umwelt darf nicht zugrundegehen. Deshalb: Tempo 100 auch auf unseren Autobahnen!

Übung

Wählen Sie aus der Themenvorschlagsliste ein Reizwort aus. Entscheiden Sie sich eindeutig pro oder contra, formulieren Sie einen kurzen prägnanten Zielsatz. (Bei der Planung zäumen Sie das Pferd von hinten auf.) Sammeln Sie einige Argumente. Überlegen Sie sich eine Einleitung. Beachten Sie die Tips nach Aristoteles. Versuchen Sie nicht, all das zu sagen, was Ihnen einfällt, beschränken Sie sich auf wenige wesentliche Punkte. (In der Praxis kommen Sie öfter zu Wort.)
Drehen Sie die Struktur um und sprechen Sie eine Kurzrede, ein Statement von 60 bis 90 Sekunden Dauer auf Band.

Stichwortzettel

Der Stichwortzettel ist ein allgemein gebräuchliches Hilfsmittel des Redners.
Die Stichworte sollen dem Aufbau Ihrer Rede folgen und aus sinntragenden Wörtern oder Wortblöcken bestehen.
Da der Stichwortzettel ein ganz individuelles Hilfsmittel ist, notieren Sie solche Stichworte, zu denen *Ihnen* etwas einfällt.
Notieren Sie so viel wie nötig, halten Sie Ihren Stichwortzettel jedoch so knapp wie möglich!
Formulieren Sie nach Möglichkeit keine ganzen Sätze vor, die Gefahr des Vorlesens ist zu groß! Ausnahme: Einleitungs- und Schlußsatz werden oft wörtlich vorgeschrieben.
(Die meisten Menschen können zu viele Vorschriften im täglichen Leben nicht leiden, warum wollen wir uns dann selbst *Vor*schriften machen?)
Das Format des Stichwortzettels sollte DIN A5 oder DIN A6 sein, etwas festerer Karton – Karteikarte – hat sich in der Praxis bestens bewährt.
Beschriften Sie die Blätter nur auf einer Seite.
Numerieren Sie die Blätter deutlich.
Gehen Sie mit dem Platz großzügig um, dadurch bekommen Sie einen übersichtlichen Zettel.

Heben Sie wesentliche Passagen hervor durch:
- graphische Anordnung
- unterschiedliche Schriftarten
- Unterstreichungen
- Einrahmungen
- Farbmarkierungen

Streichen und ändern Sie auf dem Stichwortzettel nichts mehr. Vor Abkürzungen wird gewarnt!
Verstecken Sie Ihren Stichwortzettel während Ihrer Rede nicht. Auch wenn Sie Ihren Zettel nicht unbedingt benötigen, sollten Sie doch stets wissen, wo Sie auf dem Blatt den nächsten Gedanken finden können. Der Theatersouffleur spricht auch ständig leise mit, so braucht er nicht erst lange zu suchen, wenn der Schauspieler ihn braucht.

Praxisbewährte Vorschläge

Ordnen Sie nach Haupt- und Nebenpunkten:

Hauptpunkte *Nebenpunkte*

Ein brauchbarer Stichwortzettel sollte nicht nur Hauptwörter enthalten, sondern auch redewirksame, lebendige Verben und notwendige Gelenkstücke, die Bindewörter. Übersichtlich wird der Stichwortzettel auch durch die Treppenform, das »Abtreppen« von links nach rechts (nach H. Geißner).

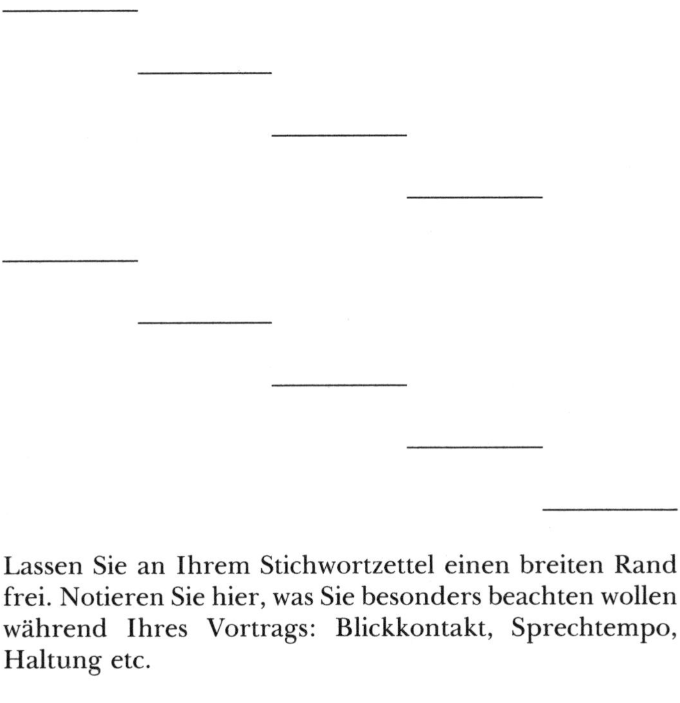

Lassen Sie an Ihrem Stichwortzettel einen breiten Rand frei. Notieren Sie hier, was Sie besonders beachten wollen während Ihres Vortrags: Blickkontakt, Sprechtempo, Haltung etc.

Zitate

Wenn Sie zitieren, sollten Sie die Zitate auf besondere Karten schreiben. Längere Zitate werden dann vorgelesen. Zitate sollen aber nicht zu lang werden.

Übung

Lesen Sie folgenden Schwank, der von Joh. Pauli (nach 1450– vor 1533) überliefert wurde, aufmerksam durch:

Das Saitenspiel

Ein Goldschmiedegesell, der etwas klein von Wuchs war, kam zu der Werkstatt eines Meisters in Soest und fragte nach einem Arbeitsplatz. Der Meister, der gerne Scherze auf Kosten anderer Leute machte, steckte den Kopf zum Werkstattfenster heraus, schaute hin und her, gab vor, niemanden zu sehen und fragte, wo der Geselle denn stecke.

»Hier«, antwortetet der Kleine bescheiden, »hier unten stehe ich.«

»Ei, du Riese«, scherzte der Goldschmied grob, »kannst du denn auch zeichnen und entwerfen, wie es sich für einen ordentlichen Gesellen gehört?«

Als der Kleine bejahte, reichte ihm der Meister eine Schiefertafel heraus und wollte eine Laute darauf gezeichnet haben. Der Geselle entwarf sie ihm nach allen Regeln der Kunst.

»Nicht schlecht«, sagte der Alte, »aber die Saiten fehlen ja.«

Der Kleine zeichnete ihm schnell die Saiten hinein.

»Schon besser«, meinte der Meister und lauschte an der Tafel, »aber sie klingen nicht, wie?«

»Tatsächlich«, krähte der Kleine, »den Klang habe ich vergessen, aber ich will ihn gleich nachreichen«, riß dem Alten die Tafel mit Macht aus den Händen und schlug sie ihm über den Schädel, daß die Scherben in der Werkstatt herumflogen.

»Hört Ihr, wie gut sie klingen, hört Ihr's, Meister?« schrie er dazu, klopfte dem Spötter den Rahmen noch einmal auf den Kopf und ging seines Weges.

Die Geschichte entwickelte sich in fünf Schritten:

- situative Einführung, »Exposé«, wer, wo, was, warum
- des Meisters Eigenart
- im Gespräch entwickelt sich die Handlung
- der Meister schaukelt in zwei Beiträgen nach dem »ja, aber«-Muster die Spannung auf
- das Geschehen schlägt um, die Geschichte geht ihrem überraschenden Ende entgegen.

Suchen Sie bitte zu jedem der fünf Abschnitte eine kurze Überschrift. Versuchen Sie, die Geschichte anhand dieser »Schlagzeilen« nachzuerzählen. Tonbandkontrolle! Reichen Ihnen die Überschriften nicht aus, dann suchen Sie noch einige Nebenpunkte dazu. Erzählen Sie die Geschichte noch einmal.
Übungen dieser Art können Sie mit beliebigen Texten jederzeit durchführen. Neben dem Umgang mit dem Stichwortzettel trainieren Sie auch noch Ihr Sprechdenken.

Lösungsvorschlag: Abtreppen

kleiner Geselle (bescheiden)

Meister: Schalk

Wo steckst du?
Riese

Kannst du ...?

Laute?

Aber ... Keine Saiten (sieht)

Aber kein Klang (hört)

kräht

schlägt

Rahmen

Lösungsvorschlag: Haupt- und Nebenpunkte

Hauptpunkte	Nebenpunkte
kleiner Goldschmiedegeselle	
	Soest
	Arbeit?
schalkhafter Meister	
	Werkstattfenster
	Wo?
	Riese
Laute zeichnen?	
Ja	
keine Saiten	
	zeichnet Saiten
klingt nicht	
	Klang folgt
kräht	
schlägt	
	Schädel
	Scherben
	Hören Sie?
	Rahmen
Adieu!	

Rhetorische Gestaltungs- und Darstellungsmittel

Aus der antiken Rhetorik sind uns vielerlei Stilmittel überliefert, mit denen eine Rede anschaulich, eindringlich und spannend gestaltet werden kann. Für die moderne Rhetorik sind einige dieser Funktionen immer noch aktuell und wirkungsvoll. Welche der rhetorischen Gestaltungsmittel Sie in Ihre Rede einbauen, hängt ganz davon ab, vor wem und mit welchem Ziel Sie reden.
Hier nun eine Auswahl:
Aus einem Wortgefecht zwischen Franz Josef Strauß und Herbert Wehner im Deutschen Bundestag:
Strauß: »... Das ist doch ein Zeichen – wirklich – von Borniertheit und Kleinkariertheit, von Jämmerlichkeit und Lächerlichkeit (Häufung, Steigerung). Da kommt eine duckmäuserige, kleinkarierte, bornierte, engstirnige, miefig-muffige und miese (Alliteration, Häufung) Atmosphäre in die Behandlung solcher Angelegenheiten hinein ...«
Wehner: »Sie brauchen sich ja nicht aufzuregen! Ich will Ihnen nur dieselbe Sturheit und Starrheit (Alliteration) und Intoleranz und Unbelehrbarkeit (Häufung) anhängen, mit der Sie mit Ihren Schreiern fortgesetzt bellen (Bildbruch); wenn Sie sich hier aufspielen, spielen Sie sich bitte auf, aufregen werden Sie mich nicht (Wortspiel)...«
Neben der *Häufung* finden wir in diesem Beispiel noch die

Alliteration, die *Steigerung (Klimax)* und die *Übertreibung*. *Häufung* bewirkt eine Verstärkung des gewünschten Eindrucks beim Zuhörer. Ähnliche und verwandte Wörter, Synonyme, werden aneinandergereiht.
Von *Alliteration* oder *Stabreim* sprechen wir, wenn in einem Satz mehrere Wörter mit demselben Konsonanten beginnen. Die eindringliche Wirkung wird an festen Redewendungen wie etwa »mit Kind und Kegel«, »mit Mann und Maus«, »bei Wind und Wetter« deutlich.
Ein *Bildbruch (Katachrese)* liegt vor, wenn zwei nichtzusammenhängende Bilder in einem Gedanken vermischt werden. Beispiel: »Der Zahn der Zeit glättete die Wogen.« Dieses Mittel kann die Aufmerksamkeit steigern, birgt aber auch die Gefahr der Lächerlichkeit in sich!
Allegorie, Metapher, Gleichnis, Bild und *Vergleich* wirken anschaulich und verdeutlichen. Beispiel: »Zahn der Zeit«, »wie ein welkes Blatt fallen« – weitere Beispiele und Übungen finden Sie in dem Kapitel »Anschaulichkeit«. Die Bilder und Vergleiche sollen auf die jeweilige Zuhörergruppe abgestimmt sein.
Anspielungen wecken beim Zuhörer Assoziationen. Er kann die Gedanken des Redners besser verstehen. Beispiel: »Water-kant-Gate« für »Barschel-Affäre«.
Einprägsam formulieren wir, wenn wir mehrere Sätze nacheinander mit demselben Wort oder derselben Formulierung beginnen (*Anapher*) beziehungsweise beenden (*Epipher*). Was im Schulaufsatz oft als Wiederholungsfehler gilt, ist in der Rede ein wirksames Stilmittel.
Paradoxon/Scheinwiderspruch richtet sich gegen die natürlichen Erwartungen der Zuhörer. Sie erreichen höhere Aufmerksamkeit. Beispiele: »beredtes Schweigen«, »weniger wäre mehr«, »der sagt viel, der nichts sagt«.
Steht ein Teil des Ganzen für das Ganze, den umfassenden Begriff, so sprechen wir von einer *Synekdoche*. Beispiele: »Schwerter (Teil der Bewaffnung) zu Pflugscharen (Teil ›zivilen‹ Gerätes)«, »Bonn verhandelt mit Paris«.

Bei der *Personifikation* wird ein Ding oder ein Begriff vermenschlicht: »Väterchen Frost«, »Mutter Erde«, »Vater Staat«.
Eindringlich und abwechslungsreich wirkt die *Überkreuzstellung/Chiasmus:* »Die Kunst ist lang, und kurz ist unser Leben.« (Goethe)
In modernen Reden kann der Chiasmus allerdings leicht gekünstelt wirken.

Euphemismus

Sprachliche Schönfärberei, *Euphemismus*, soll unangenehme Mitteilungen sprachlich beschönigen. Häufig läßt sich an der Ausdrucksweise bereits der Standpunkt des Redners erkennen. Von »Müllverbrennung« wird der Gegner, von »thermischer Verwertung« der Befürworter sprechen, der Befürworter von »Kernkraft«, der Gegner von »Atomkraft«. (Dieser Satz ist in der Überkreuzstellung formuliert.)
Die Gesellschaft für deutsche Sprache, Wiesbaden, entlarvt jährlich die dreistesten Euphemismen. So wurde beispielsweise die Formulierung »die Verklappung von Dünnsäure« enttarnt. »Verklappen« ist ein Ausdruck aus der Sprache der Seeleute und bedeutet »ins Meer schütten«. Das wäre aber auch für Landratten sehr verständlich. »Verklappen« klingt harmloser. Bei »Dünnsäure«, wie sie in die Nordsee geschüttet wurde, handelt es sich um »25prozentige Schwefelsäure«! Für den Chemiker in der Tat »Dünnsäure«, dennoch eine sehr gefährliche, aggressive Chemikalie: Sie kann Haut verätzen und Kleidungsstücke durchlöchern.
Hätte es geheißen: »Wieder wurden in der letzten Woche einige hundert Tonnen 25prozentige Schwefelsäure in

die Nordsee geschüttet«, der Sturm der Entrüstung hätte schneller zum Handeln genötigt. Hören Sie den Radio- und Fernsehnachrichten, den Reden der Politiker, den Anpreisungen der Verkäufer kritisch zu, lesen Sie die Zeitungen aufmerksam: Sie werden staunen, wie viele Euphemismen Ihnen tagtäglich begegnen!

Das Zitat

In wissenschaftlichen Vorträgen, in Referaten, aber auch in politischen Reden ist das Zitat oft notwendig. Wir führen an, was jemand anders gesagt oder geschrieben hat. Genaues, richtiges Zitieren ist notwendige Voraussetzung für einen seriösen Vortrag. Wir unterscheiden das wörtliche Zitat vom sinngemäßen.

Während des Vortrags formulieren Sie zu Beginn des Zitats: »Ich zitiere: [...]« Sie beenden das Zitat mit einem deutlichen »Zitat Ende«.

Notieren Sie die Zitate wörtlich auf einer andersfarbigen Karte. Auf Ihrem Stichwortzettel haben Sie »Zitat 1« vermerkt. Notieren Sie auf der Zitatkarte die genaue Fundstelle mit Titel des Buches, Erscheinungsjahr und -ort sowie mit der Seitenangabe. Wenn Sie aus Reden zitieren, halten Sie Ort und Datum der Rede genau fest.

Wird Ihnen nach Ihrem Vortrag ein ungenaues oder manipuliertes Zitat unterstellt, dann haben Sie in Ihrer Zitatkarte einen guten Beleg für die Seriösität Ihre Zitats.

Zitate können unterschiedlich lang ausfallen. Halten Sie die Fremdanteile Ihrer Rede jedoch so kurz wie möglich. Zitieren Sie auch nicht zu oft, Zitate ermüden die Zuhörer leicht. Ausnahmen sind in wissenschaftlichen Vorträgen denkbar.

Die »rhetorische Frage«

Was ist eine »rhetorische Frage«? – In diesem Zusammenhang haben Sie soeben eine gelesen.

Grundsätzlich verlangt eine rhetorische Frage vom Gefragten keine Antwort, weil

- die Antwort so offensichtlich und eindeutig ist, daß sie nicht mehr ausgesprochen zu werden braucht,
- der Redner die Antwort im Anschluß an seine Frage selbst geben wird.

Die rhetorische Frage lockert die Rede auf. Sie verleiht Ihrem Vortrag Struktur, indem sie als Kapitelüberschrift und Gliederungspunkt dient.

Der Zuhörer sperrt sich unbewußt gegen zu viele neue Informationen. Das geschieht auch dann, wenn er mit dem Gesagten grundsätzlich übereinstimmt.

Hier hilft die rhetorische Frage, die Sie als Redner selbst beantworten: Unmittelbar, nachdem Sie die Frage gestellt haben, beginnt der Zuhörer, sich die Frage in Gedanken zu beantworten.

Wie ein Feuerwerk blitzen Antwort- und Lösungsmöglichkeiten in seinem Kopf auf, ohne freilich ausformuliert sein zu können.

Lassen Sie Ihrer rhetorischen Frage in jedem Fall eine Sprechpause folgen, damit der Zuhörer »nachdenken« kann. Er wird in Ihren folgenden Ausführungen manche Punkte, die ihm andeutungsweise gekommen sind, wiedererkennen. Der Neuigkeitsgrad der Rede ist scheinbar nicht mehr so groß; der Zuhörer bleibt aufnahmebereit.

Die rhetorische Frage bezieht den Zuhörer also in jedem Fall mit ein, der Zuhörer bleibt aktiv und aufmerksam.

Sprechpausen

Manche Redner sprechen pausenlos. Ihr Vortrag ergießt sich wie ein Wasserfall über die Zuhörer.
Doch die Zuhörer mögen keinen Schnellredner und keinen Sprecher, der ihnen durch seine Vortragsart keine Chance zum Mitdenken und gedanklichen Verarbeiten des Vortrags einräumt.
Nicht nur ungeübte Redner glauben, ununterbrochen reden zu müssen. »Wenn ich eine Sprechpause mache, glaubt das Publikum, ich wüßte nicht mehr weiter«, argumentieren viele.
Wenn Sie jedoch durch Blickkontakt und Sprechtechnik deutlich machen, daß die Pause geplant ist, wirkt sie keineswegs peinlich – im Gegenteil, das Publikum ist für diese Pause außerordentlich dankbar!

Ihre Vorteile durch die Sprechpause:
- Sie gewinnen Zeit, den nächsten Gedanken/Satz vorzubereiten,
- Sie können Ihren Blickkontakt erneuern,
- Sie können Ihren Stichwortzettel benutzen,
- Sie können ruhig zu Luft kommen,
- Sie können vor-denken.

Die Vorteile für die Zuhörer:
- sie können nach-denken,
- sie können die Information gedanklich verarbeiten,
- sie werden in ihrer Konzentration nicht überfordert,
- sie können Ihnen insgesamt besser folgen.

Haben Sie Mut zur Sprechpause! Füllen Sie die Zeit zwischen zwei Gedanken oder Sätzen nicht mit »äh«, »untäh«, »also«, »eigentlich« oder ähnlichem Wortgeröll.

Häufig wird auch versucht, gedanklichen Leerlauf durch Phrasen zu tarnen. Beispiele für solche »Papierkorbsätze« sind:

- »würde ich sagen«,
- »möchte ich meinen«,
- »ich glaube meinen zu sollen, daß ...«,
- »wenn Sie so wollen«,
- »im Grunde genommen«.

Sprechpausen geben Ihrem Vortrag Gestalt und Struktur. Die Motivation des Publikums zum Zuhören steigt.

Peter Scholl-Latour berichtet in seinem Buch »Leben mit Frankreich« von einer Pressekonferenz, die Charles de Gaulle gab: »... gleich wird unter den Presseleuten das Getuschel beginnen: Er sei doch etwas müde, die Stimme sei stockender geworden, er habe ein wenig lethargisch gewirkt. Sie lauern auf jede Pause im Vortrag, und wenn sich herausstellt, daß ein gewisses Zaudern im Redefluß nicht die Folge von Gedächtnisschwäche war, sondern *einer effektsicheren Absicht* entsprach, dann sind sie teils enttäuscht, teils erleichtert.« (Hervorhebungen vom Autor.)

Auch im Gespräch, in der Verhandlung, in der Konferenz gibt die Pause den Partnern Gelegenheit, mitzudenken und Ihrem Gedankengang zu folgen.
Wenn Sie Blickkontakt halten und die Pausen als sprecherisches Ausdrucksmittel betrachten, wird Ihnen kaum jemand ins Wort fallen.

Sprechdenken

Sprechdenken ist keine Hexerei. Sollen wir zu einem Thema spontan etwas sagen, Arbeitskollegen möchten »mal eben schnell« etwas erklärt bekommen, dann tun wir uns oft schwer. Das liegt aber nicht daran, daß wir nichts wissen, sondern daran, daß wir das vorhandene Wissen nicht schnell genug strukturieren können.
Sprechdenken ist eine notwendige Voraussetzung für die Stegreifrede.

Übung:

Beschreiben Sie einem Unkundigen, wie Sie es anstellen, ein Auto einmal um den Häuserblock zu fahren. Zeichnen Sie den Beschreibungsversuch mit einem Recorder auf. Stellen Sie sich beim Anhören unwissend, und entscheiden Sie, ob Ihre Beschreibung dieses sehr vertrauten Vorgangs hinreichend war.

Die »W-Fragen«

Können Sie sich bei der Auto-Übung noch mit einer genauen Beschreibung der Abfolge Ihrer Handlungen helfen, so wird es bei Definitionen oder Beschreibungen schon komplizierter.

Übung

»fressen – speisen – tafeln«
Beschreiben Sie in einer Kurzrede, was diese drei Begriffe gemeinsam haben und worin sie sich unterscheiden. Tonbandkontrolle!

Lösungsvorschlag

Reden Sie nicht einfach drauflos, Sie könnten sich gedanklich verirren oder in eine Sackgasse geraten.
Stellen Sie sich lieber in Gedanken einige Fragen, die stichwortartigen Antworten sind der Kern Ihrer spontanen Kurzrede. Wenn Sie mehr Zeit zum »Sprechdenken« benötigen, können Sie auch die eine oder andere Frage als rhetorische Frage (siehe oben) stellen und beantworten:

- Um *was* handelt es sich bei diesen Begriffen?
  Antwort: Nahrungsaufnahme
- *Wer* macht so etwas?
  Antwort: Menschen und Tiere
- *Wo* geschieht das?
  Antwort: Überall, daheim, im Restaurant ...
- *Womit* werden diese Tätigkeiten ausgeführt?
  Antwort: Finger, Besteck, Silber ...
- *Was* wird gefressen, gespeist, getafelt?
  Antwort: Alles, normale Gerichte, feinste Speisen ...
- *Wann* geschieht das?

Antwort: Zu jeder Zeit, mittags, abends, zu besonderen Anlässen ...

- *Wie* werden diese Tätigkeiten ausgeführt?
  Antwort: Schnell, gierig, unzivilisiert, mit normalen Tischmanieren, mit feierlichem Zeremoniell ...
- *Warum* wird gefressen, gespeist, getafelt?
  Antwort: Gier, schlechte »Kinderstube«, Hunger, Genuß ...

Fallen Ihnen noch weitere passende W-Fragen dazu ein, stellen und beantworten Sie auch diese. In den Stichworten, die uns als Antworten einfallen, haben wir bereits das Konzept unserer Ausführungen. Die Reihenfolge der Fragen ist in der Regel willkürlich; fällt Ihnen zu einer Frage nichts ein, so lassen Sie sie einfach weg.

Übung

Suchen Sie sich Wortpaare oder Dreiergruppen aus den Bereichen: »menschliche Fortbewegung«, »menschliche Äußerung« oder anderer Aktivitäten, und beschreiben Sie wie oben die Gemeinsamkeiten und Unterschiede. Denken Sie auch an Beispiele und an Anschaulichkeit. Tonbandkontrolle!

Machen Sie die gleiche Übung mit folgenden Begriffen:
1. Haus – Gebäude – Bauwerk
2. Foto – Bild – Gemälde
3. Strom – Bach – Rinnsal

Bei dieser Übung helfen die W-Fragen nur bedingt weiter. Versuchen Sie, vom Kleinen zum Großen zu steigern, oder gliedern Sie vom Größten zum Kleinsten. Achten Sie auch auf Beispiele und Anschaulichkeit. Tonbandkontrolle!

In den meisten Zeitungsmeldungen finden wir die W-Fragen wieder. Vergleichen Sie:

Preuße im Pech

Berlin (AP) – Ausgerechnet in der hohen bayerischen Kunst des Fensterlns hat sich ein Preuße aus Berlin versucht und ist auch prompt schmerzhaft gescheitert.

Der 41jährige Berliner kletterte in nicht mehr ganz nüchternem Zustand am Regenrohr des Hauses seiner Angebeteten im Bezirk Neukölln empor. Doch noch bevor er ans Fenster der 31jährigen klopfen konnte, glitt er aus und stürzte sechs Meter tief auf das Pflaster. Er kam mit Hüftverletzungen ins Krankenhaus.

Aus: Nürnberger Nachrichten vom 18. 8. 1989

»Wer?«, »wo?«, »wann?«, »warum?«, »wie?«, in »welchem« Zustand?«, bei »wem?«, all diese Fragen werden in dieser Meldung beantwortet.

Übung

Analysieren Sie Zeitungsmeldungen, Reden und Diskussionsbeiträge. Erzählen Sie nach. Tonbandkontrolle.

Übungen mit Bildern

Bilder und kurze Bildgeschichten können gute Impulse sein. Suchen Sie sich – zum Beispiel aus Illustrierten – lustige Bilder aus, und entwerfen Sie eine kleine Geschichte dazu. Ihrer Phantasie sind dabei keine Grenzen gesetzt. Es geht bei dieser Übung nicht darum, eine Bildbeschreibung zu liefern, sondern die Situation sofort zu erfassen und zu schildern.
Es spielt keine Rolle, ob Sie Picasso erkannt haben oder nicht. Lassen Sie sich zu dem Bild etwas einfallen. Sprechen Sie Ihre Ideen laut auf Band.
Nach wenigen Sätzen werden Sie einen Schwerpunkt gefunden haben. Möglichkeiten gibt es viele, etwa:

- Künstler und ihre Kreativität
- Französische Eßgewohnheiten im Vergleich
- Hände – Arbeit – Brot
- Reaktionen der Gäste
- Hunger in der Welt

Stellen Sie sich in einer weiteren Übung Ihre Zuhörer vor. Legen Sie für sich ein Redeziel fest: unterhalten, informieren, überzeugen oder Meinung äußern.

Die Unterschrift des Vaters

4
Vater
Sohn
Sohn
5
ter
Vater
Sohn.
Sohn
6
Vater
Vater
Vater
Sohn
Sohn
e. o. p.

Übungen mit Bildgeschichten

Bei dieser Bildgeschichte aus der Vater-und-Sohn-Reihe von E. O. Plauen geht die Übung auch über reines Beschreiben hinaus. Legen Sie für sich fest, aus welcher Perspektive Sie die Geschichte erzählen wollen: der Vater einem Bekannten, Sohn einem Freund oder der Vater dem Lehrer.
Versuchen Sie Dialoge, wörtliche Rede einzubauen. Wörtliche Rede belebt jede Erzählung.
In weiteren Trainingsabschnitten können Sie sich auch einen Stichwortzettel entwerfen. Machen Sie auf jeden Fall eine kritische Tonbandkontrolle anhand der Kriterien des Beobachtungsbogens.

Übungen mit Sprichwörtern

»Reden ist Silber, Schweigen ist Gold.« Dies ist ein allgemein bekanntes deutsches Sprichwort. Doch was bedeutet es eigentlich? Stimmt diese Aussage, oder müssen wir sie relativieren?
Stellen Sie sich vor, jemand bäte Sie, dieses Sprichwort zu erläutern, da er zwar die Wörter, doch nicht die Bedeutung des Sprichwortes insgesamt versteht.
Sprechen Sie Ihren Erklärungsversuch auf Band.
Versuchen Sie es noch einmal. Legen Sie folgende gedankliche Struktur zugrunde:

1. Was bedeutet diese Aussage wörtlich genommen?
   Hier: Reden wird mit Silber, Schweigen mit Gold gleichgesetzt.

2. Welchen realen Hintergrund hat diese Aussage?
   Hier: Es ist günstiger, sich mit dem Wertvolleren zu befassen.
3. In welchen Situationen wird es benutzt? Beispiele!
4. Was bedeutet diese Aussage im übertragenen Sinn?
   Erläutern Sie die Vergleiche, hier: Gold teurer als Silber
5. Ist die Aussage heute noch richtig?
   Beispiele
   Hier: Es mag Situationen geben, in denen Schweigen sicherlich ratsamer ist, als viel zu reden, vor allem wenn mit vielem Reden nichts gesagt wird. Diese Aussage richtet sich gegen leeres Geschwätz.
   Andererseits ist es gerade heute in unserer kommunikationsintensiven Zeit dringend notwendig, miteinander zu reden und sich nicht durch Schweigen hervorzutun. Aus diesem guten Grund heißt auch der Titel eines Buches: »Reden ist immerhin Silber.«

»Der Krug geht so lange zum Brunnen, bis er bricht.«
Zu 1. und 2. Natürlich ist diese Aussage wörtlich genommen Unsinn: Ein Krug kann nicht gehen! Und Brunnen gibt es auch kaum noch.
Früher, als es noch kein fließendes Wasser in den Häusern gab, mußten die Menschen ihr Wasser aus öffentlichen Brunnen holen. Die Transportbehälter, Krüge, waren nicht unzerbrechlich, so daß jeder die Erfahrung machen mußte, daß so mancher Krug zerbrach.
Zu 3.: Dieses Sprichwort wird heute benutzt, wenn wir warnen wollen, eine Handlung nicht zu übertreiben oder die Geduld anderer nicht über Gebühr zu strapazieren.
Zu 4.: Der »Krug« steht für eine Handlung, die andere stört oder gegen Regeln und Gesetze verstößt. »Geht so lange zum Brunnen« steht für die Wiederholung dieser Handlung. »Bis er bricht« bedeutet, daß die Langmut der anderen nicht unbegrenzt ist oder die verborgene Handlung entdeckt wird.

Zu 5.: Dieses Sprichwort hat auch in unserer modernen Zeit noch seine Berechtigung.

Trainieren Sie Ihr Sprechdenken mit den Sprichwörtern:
»Der Apfel fällt nicht weit vom Stamm.«
»Was Hänschen nicht lernt, lernt Hans nimmermehr.«
»Eine Eiche fällt nicht gleich beim ersten Streiche.«
»Was kümmert es den Mond, wenn der Hund ihn anbellt!«
»Die Hunde bellen, doch die Karawane zieht weiter.«

Kommentierendes Sprechdenken

Die folgende Übung zum Sprechdenken ist auch mit mehreren Teilnehmern sehr reizvoll. Sie baut auf den Übungen mit den Bildern und Bildgeschichten auf: Es ist eine Übung mit laufenden Bildern, mit Filmen.
Für diese Übung benötigen Sie einen Videorecorder mit Kamera. Wenn Sie keine Kamera besitzen, können Sie auch einen Kassettenrecorder nehmen.
Sie schauen einen Film an, den die anderen nicht sehen können. Wie ein Reporter erzählen Sie, was sich auf dem Bildschirm abspielt. Diese Reportage schneiden Sie mit. Mit der Taste »Audio Dub« nimmt Ihr Videogerät den neuen Ton direkt auf das Videoband: Sie haben den Film neu »vertont«. Wollen Sie den Film schonen oder haben Sie keine Möglichkeit, direkt auf das Videoband aufzuzeichnen, so können Sie auch einen Kassettenrecorder mitlaufen lassen. Die geringfügigen Synchronisationsverzögerungen spielen für diese Übung keine Rolle.
Nach etwa fünf Minuten »Reportage« lassen Sie Aufnahme und Film zurücklaufen. Ihre Zuhörer geben Ihnen inzwischen Rückmeldung über das, was sie verstan-

den haben. Nun lassen Sie den »neu vertonten« Film wieder ablaufen und vergleichen Handlung mit Kommentar.
Für die ersten Versuche sind Filme geeignet, in denen Phasen schneller Handlung mit ruhigeren Szenen abwechseln. Fortgeschrittene trainieren ihr Sprechdenken an alten Stummfilmen mit hohem Tempo. In Seminaren zur freien Rede haben sich Ausschnitte aus Slapstickfilmen bewährt.

Wortschatz, Wortfeld

Umfangreicher Sprachbesitz ermöglicht uns, die Welt um uns sprachlich zu erfassen und uns darüber zu verständigen. Je mehr Begriffe und Strukturen wir beherrschen, desto genauer und komplexer können wir uns ausdrükken.

Die deutsche Sprache bietet uns durch ihre Kompositionsfreudigkeit den Ausbau des Wortschatzes und vielfältige inhaltliche Nuancierungen. Einen Eindruck vom Umfang des deutschen Wortschatzes bekommen wir, wenn wir im Duden, Band 1: »Die Rechtschreibung« ca. 110 000 Stichwörter im Wörterverzeichnis aufgeführt finden, im Band 6: »Das Aussprachewörterbuch« ca. 130 000. »Das große Duden-Wörterbuch« enthält sogar mehr als 500 000 Stichwörter und Definitionen!

Wir verfügen mithin über einen passiven Wortschatz von Hunderttausenden von Wörtern, Fremdwörter und Fachausdrücke mitgerechnet. Der passive Wortschatz enthält die Wörter und Begriffe, die wir kennen und verstehen, wenn wir sie lesen oder hören.

Als aktiven Wortschatz bezeichnen wir die Wörter und Begriffe, die wir in Wort und Schrift benutzen. Wie ist es damit bei uns bestellt?

Professor Günter Drosdowski, Leiter der Duden-Redaktion, gibt den aktiven Wortschatz eines erwachsenen deut-

schen Durchschnittssprechers am Ende des 20. Jahrhunderts mit 14 000 bis 16 000 Wörtern an.
Der Wortschatz hat in unserem Jahrhundert eine gewaltige Ausweitung und Differenzierung erfahren. Das ist nicht verwunderlich, denn der Wortschatz spiegelt den technischen und wissenschaftlichen Fortschritt, die kulturelle Entwicklung sowie gesellschaftliche und politische Neuerungen wider.
Wenn wir uns bemühen, einen möglichst umfangreichen aktiven Wortschatz zu erwerben, dann nicht um uns der blumenreichen Sprache eines Hadschi Halef Omar von Karl May zu bedienen, sondern um uns so genau und treffend wie möglich auszudrücken.
Was können wir unternehmen, um von dem Berg des passiven Wortschatzes mehr und mehr Wörter und Begriffe auf den Hügel des aktiven Wortschatzes zu tragen?
»Viel lesen!« lautet die häufigste Antwort. Richtig, doch lesen allein genügt nicht; wir vergessen zuviel!
Kurze Notizen, gelegentlich durchgeblättert, lassen so manche Wendung im täglichen Sprachgebrauch auftauchen.
Beachtliche Erfolge lassen sich auch mit »Wortfeldarbeit« erzielen.

Übung: Synonyme

Nehmen Sie sich ein beliebiges deutsches Wort vor – für erste Übungen sind Verben geeignet – und notieren Sie innerhalb von zwei Minuten alle sinnverwandten Wörter, die Ihnen einfallen. Sie werden erstaunt sein, wie viele Synonyme »auf einmal« aus Ihnen hervorsprudeln.
Vergleichen Sie anschließend Ihre Liste mit den Einträgen eines Synonymwörterbuchs (vgl. Literaturliste).
Diese Übung können Sie auch durchführen, ohne zu schreiben: etwa bei langen Autofahrten oder im Wechsel mit anderen

Beispiel
Sie wählen das Verb »sprechen«. Suchen Sie möglichst schnell andere Wörter für menschliche mündliche Äußerung:
- reden, predigen, rufen, schreien, hauchen, lispeln, fragen, antworten, befehlen, tönen, salbadern, quasseln, faseln ...

Diese Liste ist noch lange nicht vollständig!
Machen Sie zunächst keinen Unterschied zwischen den Sprachebenen. Ob ein Begriff salopp oder salonfähig, altertümlich oder aktuell, gemein oder gepflegt ist, spielt für diese Übung keine Rolle.
Sammeln Sie alle Begriffe, die Ihnen zu dem Oberbegriff »Oberbekleidung« einfallen, z. B.: Rock, Kostüm, Hose, Hemd, Bluse, Wams, Janker, Mantel ...
Vergleichen Sie mit einem Synonymwörterbuch.

Übung: Antonyme

Antonyme sind Wörter, die das Gegenteil ausdrücken: Warm ist antonym zu kalt, hoch zu tief.
Wählen Sie zum Beispiel ein Adjektiv. Sammeln Sie zügig Begriffe, die das Gegenteil bedeuten.
Zum Vergleich schlagen Sie in Ihrem Synonymwörterbuch unter dem Begriff nach, der Ihnen zuerst eingefallen ist.

Beispiel
Sie wählen das Wort »groß«. Antonyme dazu sind:
- klein, zierlich, mickrig, winzig, minimal, geringfügig, lächerlich, kurz, unbedeutend ...

Auch diese Liste ist nicht vollständig.
Zum Vergleichen schlagen Sie unter »klein« oder »winzig« nach.

Stegreifrede

Oft haben wir keine Gelegenheit, einen Stichwortzettel anzufertigen, wir können uns häufig nicht einmal gedanklich ausreichend vorbereiten.
In Gesprächen, Verhandlungen, Konferenzen, auf Versammlungen ergibt sich die Notwendigkeit, schnell und spontan, dabei jedoch sinnfassend und zielgerichtet Stellung zu nehmen.
Strenggenommen ist jeder Gesprächs- oder Diskussionsbeitrag eine Stegreifrede!
In diesen Fällen ist die Stegreifrede notwendig. Woher stammt dieser Begriff, und was bedeutet er?
»Stegreif« hat seinen Ursprung in dem mittelhochdeutschen Wort »stegereif«, was auf neuhochdeutsch »Steigbügel« bedeutet. Die sprichwörtlichen berittenen Boten nahmen sich früher bei eiligen Nachrichten nicht die Zeit, vom Pferd abzusteigen, sondern sie sprachen aus dem Steigbügel »von oben herab«. Die Stegreifrede ist also eine Rede, die ohne Vorbereitung aus der Augenblickssituation heraus gehalten wird.
Stegreifrede heißt nicht, über ein Thema zu sprechen, über das wir nichts wissen, sondern unvorbereitet über etwas zu sprechen, mit dem wir vertraut sind. Das Problem ist also nicht unser mangelndes Wissen, sondern unserem Wissen eine Struktur zu geben. Wie können wir nun errei-

chen, daß das vorhandene Wissen unvermittelt abgerufen werden kann?
Sprechen nach dem *Fünfsatz* kann eine gute Hilfe für die Stegreifrede sein. Ebenso hilft die *Wittsack-Formel* beim Strukturieren eines spontanen Beitrages. Auch die *Standpunkt-Formel* leistet bei unvorbereiteten Statements gute Hilfe.
Eine *Reizwortkette* kann Ihnen helfen, jederzeit zu einem beliebigen Stichwort aus dem Stegreif zu sprechen:
- Frage
- Handlung
- Beziehung
- Gefühl
- Zeit

In der Eingangs*frage* können Sie auch andere Möglichkeiten des Redebeginns unterbringen.
Unter dem Begriff *Handlung* bringen Sie Beispiele, Sie veranschaulichen Ihr Thema.
Stellen Sie eine *Beziehung* zu etwas Bekanntem oder Aktuellem her.
Beziehen Sie Ihre Zuhörer mit ein, bringen Sie Bilder und Vergleiche.
Abschließend können Sie noch einen Ausblick in die *Zukunft* tun, Ihr Beitrag ist damit abgerundet.
Es ist nicht unbedingt nötig, daß Sie die vorgeschlagene Reizwortkette in derselben Reihenfolge anwenden. Wenn Ihnen zu einem der Hilfsbegriffe nichts einfällt, lassen Sie ihn einfach aus.
Bei der Stegreifrede ist es wichtig, daß Sie sofort zu sprechen beginnen, damit sich kein »Gedankenstau« ergibt. Es stürzen nämlich plötzlich so viele Gedankenbruchstücke auf uns ein, daß wir nicht mehr wissen, womit wir beginnen sollen.

Übung

Legen Sie Ihren Zeigefinger bei geschlossenen Augen auf eine beliebige Textstelle eines Buches oder einer Zeitung. Das Wort, auf das Sie getippt haben, ist Ihr Reizwort. Reden Sie nun zwei Minuten lang sinnvoll zu diesem Begriff. Benutzen Sie eine der vorgeschlagenen Hilfen. Tonbandkontrolle!

Argumentation

Ohne gute Argumente muß die Rede zwangsläufig wirkungslos bleiben. Ohne gute Argumente können wir andere Menschen kaum von etwas überzeugen oder für etwas gewinnen.
Wollen wir im geeigneten Augenblick die besseren Argumente zur Verfügung haben, ist es unerläßlich, vorher Argumentationslisten aufzustellen. Besonders wichtig ist es, daß wir auch die Argumente der Gegenseite berücksichtigen und die Gegenargumente zusammenstellen. Damit sind wir auf Einwände vorbereitet und können sie leichter widerlegen.
Je mehr Gegenargumente wir in unsere Überlegungen einbeziehen, desto schlagkräftiger wirkt unsere eigene Argumentation.
So gelingt es uns leicht, den Zuhörer/Gesprächspartner Schritt für Schritt zu überzeugen.
Wenn wir Argumente sammeln, sind folgende Fragen hilfreich:

- Was sollen sich die Zuhörer wünschen?
- Warum sollen sie das wünschen?
- Welche Gründe sprechen dafür?
- Welche Gründe sprechen dagegen?
- Welche Folgen hat das?

Typen der Argumentation

Grundsätzlich unterscheiden wir folgende Argumentationsstrategien:

- behauptend,
- begründend,
- belehrend,
- gefühlsbetont.

1. Plausibilitätsargumentation

Plausibilitätsargumentation wirkt durch Pauschalurteile, allgemeine menschliche Erfahrungen, Verallgemeinerungen, Zitat und Sprichwörter. Scheinbare Selbstverständlichkeiten werden als allgemeingültige »Weisheiten« eingebracht.
Sie wirkt unmittelbar überredend, ist aber nicht von langer Dauer. Sie finden mit dieser Argumentationsweise eine breite Ansprechgruppe, da sich jeder mit diesen Aussagen identifizieren kann.

Beispiele:
»Was Hänschen nicht lernt, lernt Hans nimmermehr!«
»Die Deutschen sind fleißig.«
»Früher war alles besser.«
»Wer einmal lügt, dem glaubt man nicht.«
Diese Argumentationsart liefert momentan einleuchtende Begründungen der eigenen Meinung und stellt andere Ansichten in Frage.
Am Anfang eines Gesprächsbeitrags oder einer Rede kann sie die Aufmerksamkeit wecken und motivieren.

2. Rationale Argumentation

Hier finden wir Behauptungen, die wirklich überzeugend begründet sind. Durch logische Beweisführung, durch Zahlen, Fakten und Belege erzielen wir eine hohe Glaubwürdigkeit, auch wenn die Zuhörer anderer Meinung sind. Denkfehler in der gegnerischen Argumentation können leicht aufgezeigt werden.
Die rationale Argumentation hat eine lange Wirkungsdauer, weil die Argumente leicht erinnert und nachvollzogen werden können.

Beispiele:
»*Wenn* allein in Nürnberg 13 000 Menschen, manche davon seit Jahren, auf eine Sozialwohnung warten, *dann* können wir durchaus von Wohnraummangel sprechen.«
»Wir ersticken im Müll. 1990 kam in Deutschland so viel Müll zusammen, daß wir das ganze Land mit einer ca. 35 Zentimeter hohen Müllschicht bedecken könnten, nämlich mehr als 30 Millionen Tonnen.«

3. Moralisch-ethische Argumentation

Wer sich der moralisch-ethischen Argumentation entziehen will, läuft Gefahr, in die Nähe von tabuisierten Gruppen gestellt zu werden. Gesellschaftliche Normen, anerkannte Persönlichkeiten, Tabus, überzeitliche Werte bilden die Grundlage dieser Argumentation.
Die Wirkung zeigt sich selten unmittelbar, ist jedoch lang anhaltend. Die eigene Glaubwürdigkeit wird erhöht. Das Publikum kann die Meinung des Redners leicht annehmen, weil sie im Einklang mit angemessenen Normen und Verhaltensweisen dargestellt wird.

Beispiele
»Mutter Theresa redet nicht nur, sie *leistet* vor allem Gutes.«
»Auch bei der Sommerzeit stehen wir im europäischen Verbund.«
»Unsere Umwelt für uns, unsere Kinder und Enkel zu bewahren muß unsere vordringliche Aufgabe sein.«

4. Emotionale Argumentation

Eine unmittelbare Wirkung von meist langer Dauer erreichen wir bei einer großen Ansprechgruppe durch emotionale Argumentation. Ein »Wir-Gefühl« schließt die Zuhörer mit ein, leicht entsteht ein Solidarisierungseffekt. Sprechen wir Gefühle an, so erreichen wir nicht nur den Kopf, sondern auch das Herz der Zuhörer.

Beispiel
»Stellen Sie sich einen langen schönen Sommerabend vor. Wir genießen die Radtour, den Biergartenbesuch, das Grillfest. Diese Freuden lassen sich durch die Sommerzeit noch verlängern.«

In der Praxis hören wir häufig Mischformen der Argumentationstypen. Welche wir wählen und wie redewirksam sie ausfallen, hängt auch immer von den Antworten ab, die wir uns auf die Anfangsfragen geben:
1. Wie lautet mein Thema?
2. Was ist mein Redeziel?
3. Wer ist mein Publikum?
4. Welches ist meine Rolle?
5. In welcher Situation rede ich?

In Seminaren werden immer wieder Fragen zur Argumentation aufgeworfen:
- Gehören die stärksten Argumente an den Anfang oder an den Schluß?

Bei schwach interessiertem Publikum die starken Argumente an den Anfang, bei stark interessiertem besser ans Ende.

- Sollen Punkte, denen das Publikum zustimmt, an den Anfang oder besser an den Schluß?
  Besser an den Anfang; wir wecken die Aufmerksamkeit stärker. Bei unangenehmen Punkten nehmen die Zuhörer leicht eine ablehnende Haltung ein.
- Welche Argumente sind wirksamer: die das Publikum zuerst oder am Schluß hört?
  Handelt es sich um ein neues Problem, sind die Argumente am Anfang wahrscheinlich wirksamer.
  In der Regel wird das zuerst Gesagte auch zuerst wieder vergessen.
- Was ist wirksamer, wenn ein Publikum umgestimmt werden soll: Vorsichtig oder radikal argumentieren?
  Haben wir das Vertrauen der Zuhörer, können wir eine radikale Meinungsänderung fordern.
  Hat das Publikum Vorbehalte, wird der Widerstand gegen die Beeinflussung um so stärker, je radikaler der Sinneswandel gefordert wird.
- Sollen wir ausführlich, mit Schlußfolgerungen argumentieren, oder ist es sinnvoller, das Publikum selbst die Schlüsse ziehen zu lassen?
  In der Regel ist es wirksamer, die Schlußfolgerungen selbst deutlich aufzuzeigen.

Übung

Wählen Sie aus der Themenvorschlagsliste ein Reizwort aus. Formulieren Sie eine Pro- und eine Contraposition. Sammeln Sie für jede der Positionen mindestens sieben Argumente. Ordnen Sie die Argumente den Argumentationstypen zu. Machen Sie einen Sprech-Denk-Versuch mit Ihrer Stichwortliste. Tonbandkontrolle.

Verständlichkeit

Im Deutschen Bundestag war folgendes zu hören: »Meine sehr verehrten Damen und Herren, wenn dieser Bundeskanzler sagt, daß selbst die Kreditaufnahme, die er noch vorgeschlagen hat und die heute schon Grimms Märchenbuch in den Schatten stellt, weil die Zahlen weit nach unten manipuliert sind, weil jetzt wesentlich höhere Zahlen zur Diskussion stehen, er sagt jetzt, wo er in die Enge getrieben ist, jetzt sagt er auch diese Schuldenaufnahme ist schon – ist schon nicht mehr zu verantworten. Aber die Schuldenaufnahme, von der er sagt, sie sei nicht mehr zu verantworten, die ist ja noch ein Drittel niedriger als das, was als Folge von Kabinettsbeschlüssen, als Sachzwang von versprochenen Programmen unvermeidbar geworden ist, wenn man nicht in letzter Stunde fünf Minuten vor zwölf mit dem Wahnwitz dieser riesigen Versprechungen aufhört, und das ist das Ende dieser Regierung.«

Wie oft mußten Sie schon Rednern zuhören, die nicht nur von der Wortwahl, sondern auch vom Satzbau her kompliziert und nur sehr schwer verständlich sprachen?
Im schriftlichen Ausdruck können Sie dem Publikum längere Satzgefüge mit mehreren untergeordneten Nebensätzen zumuten. Gelegentlich finden wir in der Literatur Texte mit sehr langen Sätzen, wie bei Heinrich v. Kleist

oder bei Franz Kafka in »Auf der Galerie«. Was hier als ausgefeiltes Stilmittel wirksam werden kann, wird in der Rede leicht als langatmig oder schwer verständlich empfunden.
Die *Verständlichmacher* helfen uns im Kampf gegen so weitverbreitete Übel wie Kompliziertheit, Unübersichtlichkeit, Weitschweifigkeit und gegen Gemeinplätze.

1. *Einfacher Ausdruck* und kurze Sätze mit bekannten Wörtern erleichtern dem Publikum das Zuhören und Mitdenken. *Anschaulichkeit* läßt die Gedanken des Publikums nicht abschweifen.
2. Die Zuhörer können leichter folgen, wenn eine erkennbare *Ordnung* und Gliederung zugrunde liegt. Sprechen Sie zusammenhängend; gliedern Sie *übersichtlich, hervorhebend* und *folgerichtig.*
3. *Kürze* und *Prägnanz* in Ausdruck und Satzbau sind der Weitschweifigkeit immer vorzuziehen!
4. Versuchen Sie zu erreichen, daß sich das Publikum durch *Anregungen* persönlich beteiligt fühlen kann. Vermeiden Sie Gemeinplätze!
5. Zu *Anschaulichkeit* finden Sie ein eigenes Kapitel (siehe S. 51)
6. Bei der *Sprechtechnik* spielt die Dynamik des Sprechens eine große Rolle, die Betonung, das Sprechtempo, das sinnfassende Sprechen (vgl. die entsprechenden Kapitel).

Übung

Formulieren Sie nachfolgende Texte in verständliche Rede um.
Versuchen Sie auch einmal, die beiden Beispiele aus dem Deutschen Bundestag am Anfang und am Ende dieses Kapitels in verständliche Rede umzuarbeiten.

»Ungeübten Rednern unterläuft recht häufig der Fehler, daß sie pausenlos und ununterbrochen reden und ständig versuchen, aktiv zu sein, weil sie die Befürchtung hegen, es könne der Eindruck entstehen, daß sie nichts mehr zu sagen wüßten, daß eine Pause peinlich wirken könne und bei ihnen selbst einen roten Kopf, eine unsichere, brüchige Stimme und dadurch einen unsicheren Gesamteindruck hervorrufen könnte.«

»Im Berufs- und im Privatleben, also in unserem Alltag, sind wir immer wieder vor Alternativen gestellt, bei denen von uns verlangt wird, möglichst schnell vernünftige und durchführbare Entscheidungen zu treffen, die nicht nur unseren, sondern auch den Anforderungen anderer genügen, wobei wir oft un- oder unterbewußt einen Entscheidungsprozeß vollziehen, ohne dabei klare Erkenntnisse irgendwelcher Art zu berücksichtigen, diesen Prozeß also gar nicht bewußt als solchen wahrnehmen, sondern uns tatsächlich mehr an Erfahrungen oder auch mehr am Gespür für das Machbare orientieren.«

Diese und ähnliche Texte können wir leider nur zu häufig in Zeitschriften, Fachbüchern, Vorträgen und Sonntagsreden lesen und hören. Machen Sie es besser!
Weitere Übungsvorschläge finden Sie in: Werneck/Grasse, Formulierungstraining.

Zum Abschluß noch ein Beispiel aus dem Deutschen Bundestag: »Ich zetere nicht mit den Genossen, die das als ihre Meinung äh und dann noch auf eine Weise, über die man sicher sehr unterschiedlicher Meinung sein kann, partout sofort der Öffentlichkeit übergeben müssen, nur jeder betriebliche Teilerfolg – manche solche gibt es ja – ist zunächst nichts anderes als ein Aufstocken betrieblicher Extras, und die gehen dann auch wie alles andere über die Presse zurück an die, die sie errungen haben und alle anderen auch. Aber, und in dem Zusammenhang sei das gesagt, die Stellung der Gewerkschaften als Tarifpartei gegenüber jenen, die ihnen zwar zu Anfang des Jahres dreiundsiebzig salbaderisch gesagt haben, was stabilitätspolitisch und preispolitisch noch verkraftbar und was nicht verkraftbar wäre, die aber nunmehr hier oder da oder dort, weil sie besonders äh pikante Exportaufträge oder andere Sachen haben äh Extras bewilligen: Das rächt sich an der Tarifvertragsfähigkeit der Gewerkschaften selbst, und die sind daran nicht schuld!«

Fremdwörter und Fachausdrücke

Vermeiden Sie Fachausdrücke und Fremdwörter, die Ihrem Publikum nicht vertraut sind. Fachausdrücke sind – gerade im Berufsleben – oft nicht zu vermeiden; Fremdwörter werden jedoch von manchen Rednern benutzt, um dem Publikum zu zeigen, wie »gebildet« sie sind. Benutzen Sie Fremdwörter so viel wie nötig, aber so wenig wie möglich!

Lassen sich Fachausdrücke nicht vermeiden, dann sollten Sie Ihrem Publikum eine Erklärung anbieten, wenn Sie das Wort zum ersten Mal benutzen.

Nicht nur Wörter aus fremden Sprachen sind Fremdwörter. Auch entlegene Begriffe aus dem Deutschen können fremd klingen. Modewörter, nichtssagende Redewendungen können ebenso fremd erscheinen wie Wörter aus Fremdsprachen.

Hans Weigel schreibt unter dem Stichwort »Fremdwörter«:

»... Man muß zwischen Fremdwörtern und Fremdwörtern und Fremdwörtern unterscheiden.

Es gibt, erstens, entbehrliche Fremdwörter, Fremdwörter zum Abgewöhnen. Es gibt, zweitens, Fremdwörter, gegen die wir machtlos sind, vorläufig zumindest. Und es gibt, drittens, Fremdwörter, die unsere Sprache bereichern, gegen die wir nicht nur nichts unternehmen sollten, son-

dern gegen die wir auch gar nichts unternehmen wollen sollten. Zur ersten Kategorie gehören: erstellen, einplanen, Wirkfeld, unabdingbar, hochspielen. (Die Liste ließe sich noch beliebig verlängern.)
Zur zweiten Kategorie gehören: Computer, Slalom, Serum.
Zur dritten Kategorie gehören: Fenster, Karte, Revolver, Oboe.
Es ist völlig unerheblich, ob einem Wort die deutsche Sprache an der Wiege gesungen wurde. Ebenso wie die englische Sprache ist die deutsche Sprache gastfreundlich und gern bereit, Sprachgut, das nicht auf heimischem Boden gewachsen ist, aufzunehmen. Ein Fremdwort, das sich bei uns nicht mehr fremd fühlt, hat aufgehört, ein solches zu sein. Und eine Sprache, die sich stark fühlt, braucht keine Angst vor Überfremdung zu haben.«

(Aus: Die Leiden der jungen Wörter)

Lampenfieber

»Sich vor etwas fürchten
heißt zum Magneten werden
für den Gegenstand der Furcht.
Sobald die Furcht aufhört,
hört auch die Anziehungskraft auf.«

Maria Szepes

Jedem Redner ist es bekannt, auch den sogenannten Profis: das Lampenfieber! Für den ungeübten Redner ist die Angst beim Lampenfieber, die Sprechangst oder die Redehemmung ein scheinbar unüberwindliches Problem. Sicher ist, daß wir unsere Hemmungen nicht von einem Augenblick zum anderen abschalten können. Dennoch gibt es Wege und Möglichkeiten, das Lampenfieber auf ein Maß zu reduzieren, daß wir es nicht mehr als Belastung, sondern als Ansporn empfinden: Das Lampenfieber wird zur *Erwartungsspannung*.
Fragen, die immer wieder zu diesem Thema gestellt werden:
- Warum haben wir überhaupt Lampenfieber?
- Was geschieht mit meinem Körper?
- Was geht in meinem Kopf vor sich?
- Warum reißt mir der Faden ab?
- Was kann ich dagegen tun?

Wenn ein Mensch sich hinstellt, um vor anderen zu sprechen, empfindet er diese Situation instinktiv als bedrohlich. Das ist bei allen Völkern der Welt so, bei allen Rassen, auf allen Kontinenten. Dieses Gefühl der Bedrohung können wir durch »Kopfarbeit« nur sehr begrenzt überwinden.

In grauer Vorzeit war dem Menschen das Überleben nur in der Gruppe möglich. Die Gruppe gab ihm Sicherheit, Nahrung und Schutz. Wenn der Mensch von seiner Gruppe getrennt wurde, war sein Überleben stark in Frage gestellt, wenn nicht gar unmöglich. Traf er dann noch auf eine fremde Gruppe, konnte er ziemlich sicher sein, erschlagen zu werden. Soweit in groben Zügen die Gründe für unser instinktives Empfinden einer Bedrohung, wenn wir vor einer »fremden Gruppe« sprechen sollen. Unser Verstand sagt uns zwar ganz deutlich, daß es nichts Schlimmes ist, aber unsere Instinkte sind stärker.
Allerdings verfügen wir über drei Instinktprogramme, um auf Bedrohung zu reagieren: Flucht, Kampf, Unterwerfung.
Stehen wir nun vor unserem Publikum, so reagiert unser Körper so, als sei er tatsächlich bedroht. Es erfolgt ein plötzlicher Ausstoß des »Streßhormons« *Adrenalin.* Die körperlichen Reaktionen sind:

- feuchte Hände,
- weiche Knie,
- »Frosch« im Hals,
- erhöhter Puls,
- erhöhter Blutdruck,
- Zittern,
- Atemschwierigkeiten durch Verspannung.

Diese Erscheinungen waren in der Vorzeit wichtig: Der Schweißausbruch zur Kühlung, das Zittern der Hände und Knie für die Lockerheit, der erhöhte Puls und Blutdruck zur besseren Sauerstoffversorgung der Muskulatur. Der Mensch konnte schneller und ausdauernder rennen oder wirkungsvoller kämpfen.
Heute sind diese Symptome für den Redner hinderlich, auch wenn das Publikum oft nichts von diesen Erscheinungen bemerkt.

Mit Hilfe verschiedenartiger Entspannungstechniken (Yoga, autogenes Training) und kontrollierter Atmung lassen sich die Körperreaktionen auf den Adrenalinausstoß kontrollieren.
Zur Katastrophe wird die Wirkung, die der Adrenalinausstoß im Gehirn zeigt: *Filmriß*.
Denken geschieht dadurch, daß im Gehirn Strom fließt. Unsere etwa 15 Milliarden Gehirnzellen sind durch Leiter und ungefähr 500 Billionen »Schalter«, den *Synapsen*, miteinander verbunden.
Geschwindigkeit und Qualität unseres Denkens hängt eng zusammen mit der Leitfähigkeit der Synapsen. Erhöhter Adrenalinspiegel bewirkt, daß die Leitfähigkeit der Synapsen stark eingeschränkt wird, bis hin zur vollständigen Blockierung.
Auch diese Reaktion war für den frühen Menschen überlebenswichtig. Denken sollte ausgeschaltet werden, um Blutmengen in die Muskulatur zu leiten. Außerdem war nicht erwünscht, lange nachzudenken und Pläne für den Kampf zu schmieden. Überlebenswichtig war die Fähigkeit, reflexartig, instinktiv zu kämpfen!
Aber der Redner führt ja keinen körperlichen Kampf!
Was also können wir tun, wenn die Synapsen blockiert sind?

- Langsamer sprechen, kurze Sprechpausen machen.
- Den letzten Gedanken mit anderen Worten wiederholen: Die Chance, den Anschluß wiederzufinden, ist groß.
- Zusammenfassung des bisher Gesagten, eventuell Fragen aus dem Publikum erbitten.
- Rhetorische Frage stellen.

Entscheidend ist, daß wir uns nicht unserer Panik überlassen. Denken Sie daran, daß wir es mit der »freien Rede« zu tun haben. Der Zuhörer weiß ja nicht, was wir ursprünglich sagen wollten. Bei einem Gedichtvortrag bemerkt der

Zuhörer, daß eine Strophe fehlt oder daß ein paar Verse vertauscht sind. Aber nicht in der freien Rede!

Der Meerschweinchen-Effekt

Was können wir von den Meerschweinchen lernen? Versuche, die Professor Dr. Franzisket aus Münster Ende der sechziger Jahre mit Meerschweinchen demonstrierte, geben die Antwort:
Werden Meerschweinchen heftig erschreckt, so erstarren sie – sie werden steif wie gefroren. Der Adrenalinschock äußert sich in Erstarrung. Nach einer gewissen Zeit, die von der Konstitution des Tieres abhängig ist, löst sich die Erstarrung wieder, und das Meerschweinchen verhält sich, als sei nichts geschehen. Wird dasselbe Tier öfter auf dieselbe Weise erschreckt, werden die Phasen der Erstarrung immer kürzer, bis das Meerschweinchen schließlich nicht mehr mit einer Erstarrung reagiert.
Was ist geschehen? – Das Meerschweinchen hat gelernt, daß dieses Erschrecken – wenngleich wahrscheinlich nicht angenehm – keine Schmerzen erzeugt und keine Gefahr für Leib und Leben darstellt und daß die Reaktion eines starken Adrenalinausstoßes unangemessen hoch ist.
Das Meerschweinchen hat sich an die Situation gewöhnt!
Wir Menschen wissen vom Verstand her, daß die Situation der freien Rede – wenngleich wahrscheinlich nicht angenehm – keine Schmerzen erzeugt und keine Gefahr für Leib und Leben darstellt.
Unser Körper muß das jedoch erst lernen. Er lernt dadurch, daß wir uns an die Situation der freien Rede gewöhnen. Erwerben wir Routine im Ertragen der Situation!

Wir können das erreichen, indem wir jede Gelegenheit wahrnehmen, öffentlich zu reden. Dazu bieten sich viele Anlässe, es muß nicht gleich auf dem Marktplatz sein. Konferenzen, Versammlungen in Parteien und Vereinen, Bürgerversammlungen, Rhetorikseminare usw. bieten reichlich Gelegenheit, den »Meerschweinchen-Effekt« zu erzielen.
Je kürzer die Abstände zwischen den Redeanlässen sind, je häufiger wir öffentlich reden, desto schneller werden wir mit unserem auf die gesunde Erwartungsspannung reduzierten Lampenfieber umgehen können.

Die Prophezeiung, die sich selbst erfüllt

Wir haben Angst, daß wir uns blamieren, haben Angst, lächerlich zu erscheinen oder zu versagen.
Diese Angst lähmt uns. Wir reden uns ein, daß die Situation der freien Rede unerträglich sein wird. Und das wird sie dann auch mit ziemlicher Sicherheit. Geht es nicht auch andersherum?

Positives Denken

Positives Denken gilt heutzutage als Allheilmittel. Nur wird es leider zu oft falsch verstanden – dergestalt, daß man sich nur alles positiv vorstellen muß, um gute Ergebnisse zu erzielen. Auf diese Weise macht man sich zwar allerhand vor, erreicht aber wenig. Was würde es uns helfen, uns selbst einzureden, die freie Rede sei unsere Wunschsituation, wenn sie doch gerade das Gegenteil ist?
– Nichts!
Positives Denken heißt also hier, nicht *nur*, sondern *auch* das Positive zu sehen.

Entspannen Sie sich durch autogenes Training oder positive Selbstsuggestion:

1. Schreiben Sie alle negativen Selbstsuggestionen auf, die Ihnen vor, während und nach der Redesituation durch den Kopf gehen:
   Vorher: »Das kann ja nur schiefgehen!«
   Während: »Das ist ja eine furchtbare Situation!«
   Nachher: »Das war ja eine Katastrophe!«
2. Formulieren Sie positive Selbstsuggestionen, die den negativen entgegengesetzt sind. Wählen Sie Formulierungen, die Sie akzeptieren können, ohne sich selbst etwas vorzumachen!
   Vorher: »Das wird schon irgendwie gehen.«
   Während: »Es gibt schlimmere Situationen.«
   Nachher: »*So* schlimm war das ja gar nicht.«
3. Diese positiven Verstärkungen können Sie nun vor, während und nach der Redesituation einsetzen.

Mentales Training

Mentales Training ist heutzutage in manchen Sportarten eine vielgepriesene Vorbereitungsmethode. Ein Skiläufer beispielsweise fährt seine Abfahrts- oder Slalomstrecke in Gedanken immer und immer wieder, bis er gedanklich – mental – alle Schwierigkeiten und Möglichkeiten erarbeitet hat.
Stellen Sie sich Ihre Redesituation vor. Stellen Sie sich die Situation in ihrer ganzen Problematik intensiv vor, eventuell mit geschlossenen Augen. Lassen Sie gleichsam einen Film vor Ihrem geistigen Auge ablaufen. Betrachten Sie Ihr Publikum. Lassen Sie auch »Kameraschwenks« auf sich selbst zu. Beobachten Sie sich selbst.
Spielen Sie sich nun die Situationen vor, die Ihnen sehr unangenehm sind: Filmriß, Zwischenrufe, Störungen, Lampenfieber ...
Hier halten Sie den Film an und überlegen, wie Sie reagie-

ren würden, wie Sie reagieren möchten, wie Sie reagieren können. Sie lassen den Film mit den verschiedenen »Drehbüchern« weiterlaufen und prägen sich die Version ein, mit der Sie sich wohl fühlen.

Während der Rede ist dann die Gefahr recht gering, auf unvorher*gesehene* Probleme zu stoßen.

> Aufwärts
> »Wie komm' ich am besten den Berg hinan?«
> Steig nur hinauf und denk' nicht dran!
>
> F. Nietzsche

Auftreten: Gestik und Mimik

»Beim Stehen mit ihren Händen fertig zu werden fällt vielen Menschen besonders schwer. Sie lassen diese tückischen Anhängsel entweder steif am Körper herabhängen oder verschränken sie vor dem Bäuchlein oder stemmen sie burschikos in die Seite – das ist ebenso ungeschickt wie das gezierte Händefalten vor der Brust oder das nervöse Zupfen an Halskette oder Armband. Eine willkommene Hilfe wird in solchen Fällen immer irgendein Gegenstand sein, den man in der Hand hält, und wenn er auch noch so klein ist: das Handtäschchen, ein Buch usw. Auch ein kleines, hübsches Ziertuch, das freilich nicht voller Unruhe zerdreht werden darf, sondern, wie alle übrigen Gegenstände, gewissermaßen nur ein symbolischer Rettungsanker sein soll, den wir uns selbst in die Hand geben. Bleibt dieser Rettungsanker aus, so legen wir die Hände anmutig übereinander und versuchen so wenig als möglich an sie zu denken – das gibt uns die nötige Unbefangenheit, mit ihnen fertig zu werden und sie nicht mehr als störende Anhängsel zu empfinden.«

(Aus einem Benimm-Buch der 50er Jahre)

Nicht nur der Stil dieses Abschnitts ist für den Redner kein Vorbild (vgl. Verständlichkeit: Kürze und Prägnanz), auch die Ratschläge helfen am Rednerpult nicht weiter. Lediglich die Passage am Schluß »... und versuchen so wenig als möglich an sie zu denken ...« ist für uns brauchbar.

»Wohin mit den Händen?« Jeder Redner muß sich mit dieser Frage auseinandersetzen.

Die Hosentaschen bieten sich als sicherer Aufbewahrungsort an, auf dem Rücken sind die Hände dem Publikum verborgen. Vor der Brust verschränkte Arme verleihen ein Gefühl der Sicherheit und des Schutzes. Sehr

beliebt ist auch die »Freistoßhaltung«: die Hände liegen knapp unter der Gürtellinie gefaltet vor dem Körper. Bei fehlendem Blickkontakt gerät diese Haltung zur »Büßer-« oder »Arme-Sünder-Haltung«.
Diese oft gesehenen Möglichkeiten sind nicht ideal. Durch diese Haltungen blockieren wir uns selbst.
Wohin also mit den Händen?
Sie können eine Hand in die Hosentasche stecken, wenn Sie vor einem kleinen Kreis bekannter Gleichgestellter reden. Hier wirkt es locker und der Situation angemessen salopp. Dies gilt für Deutschland.
In England und den USA ist es normal, die Hände in die Hosentasche oder das Sakko zu stecken.
Das deutsche Publikum gewinnt leicht den Eindruck, vom Redner »von oben herab« behandelt und nicht ernstgenommen zu werden. Die Grenzlinie zum arroganten, überheblichen Eindruck ist sehr fein.
Sind allerdings die Schultern hochgezogen, so erscheint der Redner ängstlich und unsicher.
In der Hosentasche sind die Hände außerdem blockiert: Gestik wird erschwert oder verhindert.
Auch hinter dem Rücken können die Hände nicht angemessen gestikulieren. Sie behindern sich selbst.
Vor der Brust verschränkte Arme wirken wie eine Barriere, Gestik ist kaum möglich.
Gestik gibt dem Publikum Hinweise über das Engagement und die innere Beteiligung des Redners.
Für Auftreten und Gestik gibt es keine Rezepte und Verhaltensanweisungen. Gestik ist abhängig vom Thema, vom Ziel, vom Publikum. Gestik ist aber in erster Linie abhängig von der Persönlichkeit des Redners. Wirkt bei einem Redner bereits wenig Bewegung als übertrieben und aufgesetzt, so kann ein anderer Sprechertyp mit großer Gestik natürlich und souverän wirken.
Allerdings wirkt »kleine« Gestik, zurückgenommene oder unterdrückte Bewegung, oft ängstlich. »Große Geste« si-

gnalisiert eher Sicherheit, kann aber leicht überheblich erscheinen, wenn sie übertrieben eingesetzt wird.
Nehmen Sie sich wenig Gestik vor; im Redefluß ergibt sie sich leichter und harmonischer »von selbst«.

Lösungsvorschläge

Versuchen Sie, locker und entspannt aufzutreten, ob an Pult, Tisch oder freistehend.
Imitieren Sie niemanden, auch wenn dessen Gestik und Auftreten erfolgreich war und sicher wirkte. Die Gefahr, daß nachgeahmte Gestik unnatürlich und aufgesetzt aussieht, ist sehr groß.

Seien Sie stets »Sie selbst«!

Wie erreichen Sie Lockerheit und Natürlichkeit?
Im Kapitel über Lampenfieber haben Sie erfahren, wie Sie mit Ihrer Nervosität umgehen können.
Sie lockern und entspannen Ihre Muskulatur, Sie verringern Ihre Nervosität vor der Rede durch folgende

Übungen und Versuche

Stützen Sie sich am Pult nicht ab. Klammern Sie sich nicht am Pult fest. Sie verhindern dadurch Lockerheit in der Bewegung. Legen Sie die Hände locker auf das Pult.
Halten Sie Ihren Oberkörper gerade in einer Haltung, die weder verspannt noch erschlafft ist (vgl. Grundposition für Atemübungen im Stehen).
Machen Sie sich nicht kleiner, als Sie sind, denn das signalisiert Defensive.
Am Tisch sollten Sie genauso gerade stehen und sich nicht

zu sehr vorbeugen. Die »King-Kong-Haltung« mit aufgestützten Händen erschwert den Blickkontakt und behindert die Stimme.
Ohne Pult und Tisch lassen Sie die Arme zunächst locker rechts und links herabhängen, locker auch in der Schultermuskulatur. Dann winkeln Sie erst den einen, dann den anderen und schließlich beide Arme so weit an, daß Ihre Hände knapp über der Höhe der Gürtellinie sind.
Stehen Sie fest auf beiden Füßen. Lassen Sie etwa zwei Handbreit Platz zwischen den Füßen. Die »John-Wayne-Haltung« mit breit gegrätschten Beinen wirkt zu aufdringlich, die enge »Rekrutenhaltung« zu unsicher.
Erspüren Sie Ihre »Standpunkte« an den Fersen und den Fußballen. Schwingen Sie leicht vor und zurück, lassen Sie Ihren Atem fließen (vgl. Atemgrundübung).
Lockern Sie sich zwischendurch, indem Sie Ihre Schultern, Arme und Beine ausschütteln.

Mimik

»Ein Lächeln ist immer noch die leichteste Art, dem Gegner die Zähne zu zeigen.«
Nun betrachten wir unser Publikum aber nicht als unseren Gegner, sondern als eine Ansammlung von Menschen, denen wir etwas mitteilen, die wir von etwas überzeugen wollen. Über eine positive Einstellung zu unserem Thema, unserem Publikum und der Redesituation erreichen wir leicht eine erwartungsvolle Spannung und positive Resonanz des Publikums.
Vergleichen Sie einmal beim Fernsehen den Eindruck, den ein freundlich blickender Sprecher auf Sie macht, mit dem Eindruck, den Sie von einem sauertöpfischen Redner gewinnen.

Lassen Sie Mimik ähnlich »von selbst« geschehen wie Gestik. Bleiben Sie auch mimisch Sie selbst!
Achten Sie lediglich auf einen intensiven Blickkontakt zu Ihrem Publikum.

Blickkontakt

Ein guter Redner schafft es leicht, durch Blickkontakt eine Verbindung zum Publikum herzustellen. Er sieht, wie seine Zuhörer reagieren. Er sieht, was sie bewegt, beunruhigt oder erfreut. Dadurch hat er die Möglichkeit, nun seinerseits auf das Publikum zu reagieren.
Halten Sie deshalb vor, während und nach Ihrem Vortrag Blickkontakt mit Ihrem Publikum:

- Schauen Sie nicht verlegen über die Köpfe hinweg!
- Schauen Sie nicht verlegen auf Ihre Fußspitzen!
- Blicken Sie bewußt ins Publikum!
- Konzentrieren Sie sich nicht nur auf einen Zuhörer, sondern nehmen Sie Kontakt zu allen auf!

Ihre Vorteile durch den Blickkontakt:

- die Zuhörer werden aufgefordert, aufmerksam zuzuhören,
- die Zuhörer haben das Gefühl, angesprochen und gemeint zu sein,
- der Redner kontrolliert sein Publikum,
- der Redner zeigt seine Sicherheit,
- der Redner sieht, ob er verstanden wird,
- der Redner sieht, ob seine Sprechweise angemessen ist,
- der Redner sieht, ob er zusätzliche Erklärungen oder Informationen geben muß.

Besonders zu Beginn einer Rede ist der Blickkontakt ein hilfreiches Mittel, die Aufmerksamkeit des Publikums zu

gewinnen und eine positive Spannung zu erzeugen. Beginnen Sie deshalb nicht bereits auf dem Weg zum Rednerpult mit Ihren Ausführungen, sondern sammeln Sie sich kurz und nehmen Sie Kontakt zu den Zuhörern auf, bevor Sie zu reden anfangen.
Laufen Sie am Schluß Ihrer Rede nicht mit dem Schlußsatz auf Ihren Platz zurück: Das sähe wie eine Flucht aus. Widmen Sie Ihrem Publikum auch abschließenden Blickkontakt, warten Sie den Applaus ab.

Keine Angst vor Versprechern!

»Die DDR hat im Jahre 1989 1,9 *Millionen* DM für den Ausbau der Transitautobahn von der Bundesregierung erhalten.«
Natürlich kann diese Zahl gar nicht stimmen: Für den Betrag kann man heute vielleicht gerade zwei Kilometer Autobahn bauen. Es muß heißen »1,9 *Milliarden* DM«.
Versprecher sind nichts Außergewöhnliches, sie sind menschlich und kein Grund zur Panik.
Was ist zu tun, wenn uns Versprecher herausrutschen?
Drei Arten von Versprechern machen uns zu schaffen: sinnentstellende, harmlose und solche, die beim Publikum Heiterkeit hervorrufen.
Sinnentstellende Versprecher müssen natürlich sofort korrigiert werden beziehungsweise bei Nachfrage als Irrtum eingeräumt werden.
So sollte der Redner es deutlich richtigstellen, wenn er sagt: »Wir werden *keine* Geschwindigkeitsbegrenzung befürworten«, aber meint: »Wir werden *eine* Geschwindigkeitsbegrenzung befürworten.« (Darüber hinaus ist die Formulierung »befürworten« alles andere als geeignet für lebendige Rede!)

»Besonders bedanke ich mich auch bei meinen *arrangierten* Mitarbeitern.« So wollte der Chef eines Möbelhauses bei einem Firmenjubiläum seine Mitarbeiter hervorheben. Gemeint war aber wohl »bei meinen *engagierten* Mitarbeitern».

Harmlos ist ein Versprecher dann, wenn keine Mißverständnisse die Folge sind. Solche Fehler werden vom Zuhörer oft gar nicht bewußt wahrgenommen oder automatisch korrigiert. Sprechen Sie einfach weiter.

Ruft Ihr Versprecher Heiterkeit hervor, so lachen Sie möglichst kurz mit, korrigieren dann und reden weiter. Nehmen Sie dem Publikum die Chance, durch Gelächter und Zwischenrufe, hervorgerufen durch Ihr Mißgeschick, nachhaltig zu stören, indem Sie äußerlich ruhig bleiben und angemessen reagieren.

Ein Tip: Gute Vorbereitung hilft, Versprecher zu vermeiden.

»Kollege Honecker«

Bonn (dpa) – Einen peinlichen Versprecher hat sich Bundeskanzler Helmut Kohl in der Parlamentsdebatte geleistet.

Mit Kollege Honecker sprach er in der deutschlandpolitischen Passage seiner Rede versehentlich den SPD-Vorsitzenden Hans-Joachim Vogel auf einen Zwischenruf hin an. Dieser Schnitzer sorgte im hohen Haus für Gelächter und Applaus. Kohl verlegen: Sie sind ja sehr leicht zu erheitern.

vgl. Nürnberger Nachrichten, 14. 3. 1991

Störungen

Öffentliche Veranstaltungen, besonders politische und Wahlversammlungen werden häufig durch Zwischenrufe oder Zwischenfragen gestört. Bei Sachvorträgen sind Störungen seltener.
Fordern Sie zustimmende Zwischenrufe heraus, übergehen Sie ablehnende oder kontern Sie sie schlagfertig.
Gelegentlich können unsachliche, störende Zwischenrufe nicht überhört werden, der Redner muß reagieren!
Lassen Sie sich auf gar keinen Fall provozieren und aus dem Gleichgewicht bringen. Reagieren Sie nicht aggressiv, sondern ruhig und kühl – auch wenn es in Ihnen noch so sehr brodeln mag.
Für den sicheren Redner sind manche Zwischenrufe eine willkommene Gelegenheit, zusätzliche Aussagen im Rahmen der eigenen Argumentation einzufügen und die Rede dadurch noch lebendiger zu gestalten.
Generell gilt: Lassen Sie sich auf gar keinen Fall auf ein Zwiegespräch während Ihres Vortrags ein. Ihr Konzept würde zu zerrissen erscheinen, die Zuhörer könnten den Faden verlieren, und Sie erreichen Ihr Redeziel nicht.

Reaktionen auf Zwischenrufe

Bei vereinzelten Zwischenrufen ist *Überhören* eine sehr probate Methode. Wird es im Publikum aber zu unruhig, dann müssen Sie reagieren. Beschimpfen Sie den Zwischenrufer jedoch nicht als aggressiven Störer, sondern *stellen Sie den Einwand zurück,* wenn es sich um einen sachlichen Zwischenruf handelt, zu dem Ihnen im Moment nichts einfällt.
Paßt der Zwischenruf später in Ihr Konzept, können Sie das Stichwort auch notieren, Sie erhöhen dadurch Ihre

Glaubwürdigkeit. Souverän wirkt es, wenn Sie später auf den Zwischenruf tatsächlich zurückkommen. Vertrösten Sie besonders hartnäckige Störer auf die Diskussion am Ende des Vortrags.
Zwischenrufe, die keine gezielten Störaktionen sind, zeigen grundsätzlich Interesse an Ihrer Rede.
Der Einwurf läßt sich gelegentlich *in die eigenen Ausführungen einfügen*. Bleiben Sie höflich, bedanken Sie sich gegebenenfalls für die »Anregung«. Wenn möglich, werten Sie den Zwischenruf als Bestätigung Ihrer Ansichten oder als Beispiel für einen weitverbreiteten Irrtum.
Antworten Sie schlagfertig! Das ist die beste und wirkungsvollste Methode bei polemischen Störungen, wenn Sie Ihren Unmut hinter ruhiger Sprechweise verbergen. Lassen Sie sich nicht zu taktloser Gegenpolemik provozieren, bleiben Sie besonnen.
Viele Redner halten Schlagfertigkeit für Zauberei. Das ist sie aber überhaupt nicht. Schlagfertigkeit resultiert nämlich meistens aus guter Vorbereitung. Stellen Sie sich schon bei der Vorbereitung auf Ihre Rede oder die Diskussion auf Ihre Gegner ein, überlegen Sie sich, *an welcher Stelle* Sie als Ihr Gegner wohl *was* zwischenrufen würden. Am wirkungsvollsten ist das knapp formulierte sachliche Gegenargument. Lassen Sie sich nicht auf einen Dialog oder längeren Schlagabtausch ein, sondern wenden Sie sich nach Ihrer Replik sofort wieder an das Publikum, und setzen Sie Ihre Rede fort.
Versuchen Sie, heitere Zwischenrufe ernst und ernste Zwischenrufe heiter zu beantworten.
Bitten Sie impulsive Zwischenrufer, ihre Unverschämtheiten zu wiederholen, das kann nämlich kaum jemand!

Beispiele
Der spätere Kardinal Graf Galen in Münster war während der Nazi-Herrschaft der Regierung sehr unbequem und entsprechendem Druck ausgesetzt.

Einmal prangerte er von der Kanzel heftig die nationalsozialistische Art der Kinder- und Jugenderziehung an. Da rief jemand: »Wie kann ein Mann, der selber keine Kinder hat, zu Erziehungsfragen Stellung nehmen?!?« – »Eine solche Kritik am Führer kann ich in meiner Kirche nicht dulden« war Graf Galens Antwort.

Sehr bissig reagierte Charles de Gaulle, als Dominique Pado von L'Aurore sich nach seiner Gesundheit erkundigte: »Es geht mir nicht schlecht, aber seien Sie unbesorgt, eines Tages werde ich bestimmt sterben.«
(zitiert nach: Scholl-Latour, Leben mit Frankreich)
Weitere Beispiele für gelungene Schlagfertigkeit sowie Trainingsvorschläge finden Sie in dem Buch »Die schlagfertige Antwort« von Maximilian Weller.

Zwischenfragen

Unterscheiden Sie bei Zwischenfragen die zum Verständnis notwendigen von den kontroversen. Beantworten Sie Verständnisfragen, stellen Sie kontroverse zurück.
Wenn Sie nicht direkt antworten wollen oder können, stellen Sie die Frage zurück: »Darauf komme ich im weiteren Verlauf meines Vortrages noch zu sprechen ...«
Achten Sie auf eine freundliche Tonlage, lassen Sie Ihren Unmut nicht deutlich werden.
Wenn die Zwischenfrage eine verdeckte Unterstellung enthält oder ungenau formuliert ist, kann ein *rhetorischer Angriff* wirkungsvoll sein:
Arbeitet der Zwischenfrager mit Zahlen oder Statistiken, die nicht belegt werden können oder ungenau sind, so fordern Sie ihn auf, weitere Beweise zu bringen und neue Begründungen für seine Behauptung nachzureichen. Dazu ist aber selten Zeit, der Frager wird verunsichert, die Frage kann zum Bumerang werden.
Pauschalieren Sie die Fragestellung. Erläutern Sie die Frage

in differenzierter, abgewandelter Form: »Da werden Äpfel mit Birnen verglichen. Die Frage muß doch richtig lauten: ...«

Wenn Sie die Zwischenfrage beantworten:

Halten Sie Blickkontakt zum Frager. Schauen Sie nicht gelangweilt zum Fenster hinaus und auch nicht unsicher herum. Hören Sie gut zu! Vermitteln Sie den Eindruck, daß Ihnen die Frage willkommen sei.

Wiederholen Sie die Frage:

- Dadurch kontrollieren Sie, ob Sie richtig verstanden haben.
- Die anderen Zuhörer verstehen die Frage auch.
- Sie gewinnen Zeit.
- Sie werten den Frager auf, Aggressionen werden abgebaut.

Antworten Sie niemals herablassend oder arrogant. Dadurch bringen Sie die Zuhörer in der Regel gegen sich auf. Halten Sie hauptsächlich Blickkontakt mit dem Frager, berücksichtigen Sie jedoch auch die anderen Zuhörer.

Erkundigen Sie sich, ob die Frage hinreichend beantwortet ist, das stärkt Ihre Autorität und vertieft das Vertrauen der Zuhörer. Lassen Sie sich auch hier nicht auf längere Dialoge ein!

Nach dem Vortrag

Gespräch/Diskussion in kleinen Gruppen

Nach den meisten Vorträgen und Referaten hat das Publikum Gelegenheit, Fragen zu stellen. Einzelne Punkte können auch durch eine anschließende Diskussion vertieft werden. In diesem Teil der Veranstaltung liegen eine Menge Gefahren für den Redner, aber auch gute Chancen!
Die Gefahr besteht darin, mit unbequemen Fragen »in die Ecke« gedrängt zu werden, in der Diskussion nicht hinreichend mitreden zu können und dadurch einen Kompetenzverlust zu erleiden. Aber gerade in diesen schwierigen Situationen sehen viele Redner auch ihre Chance. Sie bereiten sich auf das, was nach dem Vortrag kommt, intensiv vor. Und das können Sie auch machen!
Überlegen Sie sich bereits während der Vorbereitung, welche Fragen das Publikum haben könnte, welche anderen Meinungen zu Ihrer Argumentation von Gegnern geäußert werden könnten.
(Es gibt Redner, die in ihren Vortrag ganz bewußt und vorsätzlich Punkte einbauen, die ungenau formuliert oder kontrovers sind. Sie hoffen, daß danach gefragt wird und bereiten die Antworten sehr präzise vor. Gelegentlich funktioniert diese Methode aber nicht: Der Redner erscheint oberflächlich und inkompetent, wenn zu viele Fragen oder Andeutungen nicht ausgeführt werden.)

Wenn es Ihre Rede nicht zu sehr aufbläht, beantworten Sie die erwarteten Fragen bereits im Vortrag. Nehmen Sie eventuell andere Ansichten bereits vorweg: »Nun werden Sie ... einwenden wollen«, und entkräften Sie sie.
Was aber ist zu tun, wenn Fragen oder Einwände kommen? Welche Möglichkeiten gibt es, erfolgreich mit der Diskussion fertig zu werden?
Wenn es möglich ist, sollten Sie für eine kurze Pause nach Ihrem Referat sorgen. Erhitzte Gemüter können sich abkühlen, die Zuhörer und Sie können sich sammeln.
Es macht einen überzeugenden Eindruck, wenn Sie zuerst auf die Fragen eingehen, die Sie während Ihres Vortrags zurückgestellt haben. Wahrscheinlich lassen sich die Fragen auch bündeln und als Block beantworten.
Wenn es die Situation erlaubt, können Sie auch zunächst Fragen sammeln und dann gebündelt beantworten. Hüten Sie sich jedoch davor, bei diesem »Bearbeitungsprozeß« unbequeme Fragen herausfallen zu lassen – Ihre Sachkompetenz würde leiden. Sammeln und Bündeln ist ratsam, wenn das Publikum sehr unruhig ist und erst einmal »Dampf ablassen« will.
Beantworten Sie Fragen und Einwände, so gut Sie es können. Achten Sie darauf, daß Sie sich das Thema nicht wegnehmen lassen oder daß sie zu sehr in Details gedrängt werden. Hier helfen sich viele Redner mit der abgegriffenen Phrase vom »gesprengten Rahmen«. Lassen Sie sich bereits während der Vorbereitung bessere Formulierungen einfallen, die zu Ihrem Thema passen. Bieten Sie gegebenenfalls an, anschließend »in kleinem Kreis« auf dieses Spezialgebiet eingehen zu wollen.
Antworten Sie nicht nur dem Frager, sondern sprechen Sie das gesamte Publikum an. Hüten Sie sich davor, unbequeme Frager lächerlich zu machen oder zurechtzuweisen: Oft solidarisieren sich die anderen Zuhörer mit dem Gebeutelten.
Wenn Sie damit rechnen müssen, mit unsachlichen oder

»vergifteten« Fragen konfrontiert zu werden, dann sollten Sie nicht wie aus der Pistole geschossen antworten. Hier hilft oft die Wiederholungsmethode. Sie gewinnen Zeit mit Hilfe des »kontrollierten Dialogs«.

Der »kontrollierte Dialog«

In vielen Gesprächen, besonders aber in Streitgesprächen, kommt es vor, daß wir gedanklich nicht ganz bei der Sache sind, daß wir nicht zuhören.
Einer der Gesprächspartner vernimmt sein »Stichwort« und verfolgt vom selben Augenblick an das Gespräch nicht mehr. Wir können förmlich sehen, wie der andere an seiner Erwiderung arbeitet und nur auf die nächste Gelegenheit wartet, uns ins Wort zu fallen.
Wer jedoch intensiv nachdenkt, kann nicht gleichzeitig aufmerksam zuhören und mitdenken.
Für ein positives Gesprächsklima ist es notwendig, daß die Gesprächspartner einander zuhören. Zeigen Sie den anderen durch *»aktives Zuhören«* Ihre Aufmerksamkeit. Nikken Sie gelegentlich, geben Sie kurze Äußerungen von sich: »ja«, »ja?«, »nein«, »tatsächlich?« usw., oder brummeln Sie ein zustimmendes »mmhm«, ohne jedoch den Redefluß des anderen zu unterbrechen.
Zum aktiven Zuhören ist geduldiges und genaues Hinhören notwendig. In der Regel bedeutet geduldiges Hinhören, den anderen ausreden zu lassen, ihn nicht durch Unterbrechungsversuche unter Streß zu setzen. Die Emotionen schaukeln sich nicht so leicht hoch, Aggressionen können entschärft und Unsicherheiten verringert werden.
Eine andere Form des Zuhörens ist der *kontrollierte Dialog*.
Es gilt folgende Regel:

Jeder darf erst dann seine eigenen Gedanken äußern, wenn er die Aussage seines Vorredners korrekt und zu dessen Zufriedenheit mit eigenen Worten wiedergegeben hat.

In der Praxis wird das nicht bei jedem Gesprächsbeitrag notwendig sein, gelegentliches Wiederholen hat aber Vorteile:

- Sie kontrollieren, ob Sie richtig verstanden haben,
- Sie gewinnen Zeit,
- Sie geben Ihrem Gesprächspartner das Gefühl, ihm aufmerksam zuzuhören,
- Sie erzeugen ein positives Gesprächsklima,
- Sie können das Gespräch inhaltlich steuern,
- Sie verlassen das Thema nicht,
- Sie vermeiden impulsive Antworten (wenn Sie erst langsam bis zwanzig zählen, kommen Sie kaum zu Wort).

Häufig kommen wir gar nicht ohne eine Wiederholung aus. Als Gesprächsleiter müssen wir sogar gelegentlich mehrere Beiträge zusammenfassen, um ein Ergebnis zu sichern oder das Gespräch voranzubringen.

Wenn wir in Gesprächen nicht sofort das Wort erteilt bekommen, ist es sinnvoll, den Sprecher zu wiederholen, auf den wir uns beziehen, damit jeder weiß, worum es geht.

Wenn nach einem Vortrag überraschende Fragen gestellt werden, hilft der »kontrollierte Dialog«, Zeit zu gewinnen.

Folgende Formulierungen bieten sich an, den »kontrollierten Dialog« einzuleiten:

- »Wenn ich Sie richtig verstanden habe ...«
- »Sie meinen also ...«
- »Sie haben gerade behauptet/gesagt/betont ...«
- »Ihrer Ansicht nach ...«
- »Habe ich Sie richtig verstanden ...«
- »Mit anderen Worten ...«

Durch solche Formulierungen wird die Bewertung der Argumente sachlicher. Man greift sich nicht mehr so schnell an, das Gespräch wird offener. Wir schaffen ein gutes Klima, wenn wir einander zeigen, daß wir zuhören und bemüht sind, uns gegenseitig zu verstehen.

Gefahren des »kontrollierten Dialoges«

Im »kontrollierten Dialog« können jedoch auch Gefahren liegen. Hören Sie in Ihrem eigenen Interesse sehr genau zu, wenn in Diskussionen jemand wiederholt, was Sie gesagt haben, denn: Niemand kann gezwungen werden, vollständig und richtig zu wiederholen!
Häufig wird nur ein Teil Ihrer Ausführungen zitiert.
Aus dem Zusammenhang gerissen, wird Ihre Argumentation entstellt. Oder Ihr Diskussionsbeitrag wird unrichtig wiedergegeben; Ihnen wird gleichsam das Wort im Munde umgedreht.
Was können Sie dagegen tun? Wie können Sie auf solche Verhaltensweisen reagieren?
Auf gar keinen Fall darf die ungenaue Wiederholung unwidersprochen bleiben.
Im ersten Fall entscheiden Sie, ob Sie den ausgewählt wiederholten Punkt aufgeben oder stützen wollen. Antworten Sie mit der »Ja, aber«-Methode, geben Sie Ihrem Gesprächspartner auch ruhig in einem nebensächlichen Punkt recht; Sie können sich dann leichter in der Hauptsache durchsetzen. Bringen Sie dann aber die weggelassenen starken Argumente wieder auf den Tisch.
Wird Ihnen das Wort im Munde umgedreht, dann sollten Sie zunächst im Sinne eines positiven, freundlichen Gesprächsklimas nicht aggressiv-zurechtweisend reagieren mit Formulierungen wie:

- »Da haben Sie mich falsch verstanden ...«
- »Das habe ich so nicht gesagt ...«
- »Hören Sie doch demnächst besser zu ...«
- »Drehen Sie mir das Wort doch nicht im Munde um ...«

Es ist ja durchaus möglich, daß Ihr Gesprächspartner Sie tatsächlich falsch verstanden hat, obwohl Sie sich ziemlich sicher sind, sich klar und deutlich ausgedrückt zu haben. Ihr Gesprächspartner kann sein Gesicht bewahren, die Atmosphäre im Gespräch bleibt positiv, und Sie gewinnen weitere Redezeit, wenn Sie »elastisch« reagieren und sich selbst den »Schwarzen Peter« zuschieben durch Formulierungen wie:

- »Da habe ich mich wohl unklar/undeutlich ausgedrückt ...«
- »Da muß ich mich wohl mißverständlich ausgedrückt haben ...«
- »Darf ich meine Aussage etwas klarer formulieren ...«

Ihr Gesprächspartner wird höflich, aber bestimmt unterbrochen und muß Ihnen – manchmal zähneknirschend – die Gelegenheit geben, Ihren Beitrag »richtigzustellen«. Vermeiden Sie jedoch Worte wie »falsch ausgedrückt ...« oder »ungenau formuliert ...«, das wäre zu negativ. Auch sollten Sie nicht ständig die »Schuld« auf sich nehmen, denn dadurch untergraben Sie langfristig Ihre Autorität.

Abfangformulierungen

Vermeiden Sie abwertende »Nein-Formulierungen«, besonders in Diskussionen oder bei der Einwandbehandlung.

Typische »Nein-Formulierungen« sind:

1. »Das geht doch nicht!«
2. »Das sehen Sie völlig falsch!«

3. »Da haben Sie mich völlig falsch verstanden!«
4. »Sie machen sich da ein völlig falsches Bild!«
5. »Und das glauben Sie wirklich?«
6. »Das kann doch nicht Ihr Ernst sein!«
7. »Das kann doch gar nicht sein!«

Positiv formulierte Entgegnungen belasten die Atmosphäre im Gespräch kaum. Beispiele für »Abfangformulierungen«:

1. »Wie können wir das machen?«
2. »Ein sehr eigenwilliger Blickwinkel ...«
3. »... mißverständlich ausgedrückt ...«
4. »Betrachten Sie es doch einmal ...«
5. »Wirklich?!?«
6. Höfliche Belege fordern
7. »Lassen Sie uns das Problem doch einmal von ... Standpunkt aus sehen.«

Überlegen Sie, ob ein »Nein« überhaupt notwendig ist. Ein notwendiges »Nein« sollte so vorgebracht werden, daß das Selbstwertgefühl des anderen nicht verletzt wird. Sorgen Sie durch »Abfangformulierungen« dafür, daß Ihr Gesprächspartner sein Gesicht behält, auch wenn er einmal unrecht hat.

Übung

Bitte drücken Sie folgende Begriffe positiv aus:

1. Einwand
2. nicht geschafft
3. sich streiten
4. Tricks
5. nachmittags geschlossen
6. Konkurrenz
7. Werbung, Reklame
8. unfähig
9. Schmiergelder
10. scharf gewürzt

11. »Das haben wir schon immer so gemacht.«
12. Macht zuviel Arbeit
13. zu modern
14. »Da bin ich anderer Meinung.«
15. »Sie haben mich mißverstanden.«

Lösungsvorschläge
1. Fragen, Diskussionsbeitrag, 2. noch zu erledigen, begonnen, 3. argumentieren, 4. Methoden, Tips, 5. vormittags offen, 6. Mitbewerber, 7. Produktinformation, Verbraucherberatung, 8. glücklos, 9. Handsalbe, Auftragsbeschaffungskosten, 10. pikant, feurig, 11. »Damit haben wir gute Erfahrungen gemacht.« 12. anspruchsvoll, 13. aufgeschlossen, 14. Aus einer anderen Blickrichtung ..., 15. ... undeutlich ausgedrückt.
Unter der Überschrift »Euphemismen« finden Sie weitere Beispiele der sprachlichen Schönfärberei.

Einwände

Einwände sind in Gesprächen, Diskussionen und Verhandlungen nicht selten. Es besteht aber kein Grund, Einwände zu fürchten. Bringt der Gesprächspartner Einwände vor, so zeigt das lediglich, daß er die Sache noch nicht abgetan hat, sondern noch grundsätzlich interessiert ist. Die Art und Weise, wie wir mit Einwänden umgehen, kann uns manche Vorteile bringen.
Wie sind Einwände grundsätzlich zu behandeln?
- Lassen Sie den Gesprächspartner ausreden, hören Sie aktiv zu.
- Bleiben Sie sachlich und ruhig, reagieren Sie nicht aggressiv (kontrollierter Dialog), drücken Sie nicht durch Mimik, Gestik und Haltung Ihren Unwillen aus.

- Versetzen Sie sich in die Position des anderen, und versuchen Sie herauszufinden, was er will, bevor Sie den Einwand entkräften.
- Gewinnen Sie Zeit, durch Gegenfrage oder Wiederholung, bevor Sie antworten.
- Antworten Sie ruhig, knapp und sachlich. Lassen Sie sich nicht von Emotionen hinreißen. Werden Sie anschließend durch eine Frage Ihrerseits wieder aktiv.

Methoden der Einwandbehandlung

1. *Die Rückfrage-Methode*
   Sie gewinnen Zeit. Sie erhalten weitere Informationen. Der Gesprächspartner fühlt sich ernstgenommen.

   Beispiel
   »Können Sie das bitte etwas genauer ...?«
   »Wie kommen Sie zu der Auffassung, daß ...?«
   «Was meinen Sie mit ...?«

2. *»Ja-aber«-Methode*
   Sie stimmen bedingt oder auszugsweise zu und erneuern Ihre Aussage. Sie lehnen die Aussage des anderen nicht grundsätzlich ab, sondern spalten auf. Die Worte »ja« und »aber« sollten nach Möglichkeit nicht genannt werden.

   Beispiel
   »Sie sprechen da einen interessanten Punkt an, jedoch/nur ...«
   »Es spricht sicherlich einiges für Ihre Auffassung, allerdings/obwohl ...«

3. *Vorwegnahme-Methode*
   Mögliche Einwände greifen Sie von sich aus auf (Vorbereitung!) und entkräften sie.

Beispiel
»Sie werden jetzt sagen, daß..., jedoch...«

4. *Bumerang-Methode*
Sie geben den Einwand zurück und benutzen ihn als eigenes Argument. Durch den Einwand stärken Sie Ihre eigene Position.

Beispiel
»Gerade deshalb ist es besonders wichtig, ...«

5. *Rückstell-Methode*
Sie verschieben die Antwort auf später. Notieren Sie den Einwand, das stärkt Ihre Glaubwürdigkeit.
Nicht überstrapazieren!

Beispiel
»Darf ich auf diesen Punkt später eingehen?«
»Ich möchte diese Frage später beleuchten.«

6. *Offensiv-Methode*
Eine Spielart der Vorwegnahme-Methode. Sie erfahren Einwände rechtzeitig vorher. So ist es leichter, Übereinstimmung zu erzielen.

Beispiel
»Gibt es (sonst) noch Punkte, die Sie ansprechen möchten?«
»Kennen Sie noch weitere Argumente, die Sie hindern könnten, ... zuzustimmen?«

Unterscheiden Sie zwischen »Vorwand« und »Einwand«. Die Frage mit einem »angenommen...« hilft, die Unterscheidung zu treffen:
»Angenommen, wir könnten uns in diesem Punkt einigen, würden Sie dann meinem Vorschlag zustimmen können?«

Das Interview

In den letzten Jahren sind private Radio- und Fernsehstationen neben den öffentlich-rechtlichen wie Pilze aus dem Boden geschossen. Dadurch sind die Gelegenheiten, interviewt zu werden, erheblich zahlreicher geworden. Nach Veranstaltungen oder zu besonderen Anlässen werden immer häufiger Interviews von den Medien begehrt. Haben wir während des Vortrags das Ziel und die Richtung noch selbst bestimmen können, so geht diese Initiative beim Interview vom Reporter oder Journalisten aus. Unsere Ziele bei Interviews sollten sein, auch in kritischen Situationen kompetent, glaubwürdig, überzeugend und sicher zu wirken, damit wir nicht nur uns selbst, sondern auch unser Anliegen und unsere Gruppe (Unternehmen, Partei, Organisation) positiv darstellen.
Die Interviewer sind in der Regel gut vorbereitet und haben eine große Anzahl zum Teil unangenehmer Fragen als Pfeile im Köcher.
Auch wir als Interviewte sollten uns gut auf das Gespräch vorbereiten. Es kann nur von Vorteil sein, sich in der Vorbereitung bereits in die Situation des anderen zu versetzen und sich zu fragen, welche Fragen wohl unangenehm sein würden. Überlegen wir uns bereits in der Vorbereitung passende Antworten!
Klären Sie im Vorfeld mit dem Interviewer ab, in welchem

Rahmen und in welchem sachlichen Zusammenhang Ihre Aussagen gebracht werden. Halten Sie sich genau an die vorgegebenen Zeiten.
Vermeiden Sie auf jeden Fall Ausflüchte und Ausreden. Erfahrene Interviewer werden sofort darauf reagieren und Ihnen kaum eine Chance lassen, weiter auszuweichen, ohne sich zu blamieren.
Hier einige der gängigsten »Antworten« mit den Reaktionsmöglichkeiten des Fragers:

1. »So kann man die Frage nicht stellen.«
   Entgegnung: »Wie sollte die Frage Ihrer Meinung nach lauten?« Der Frager erobert die Initiative durch seine Frage zurück.
2. »Wie meinen Sie das?« Durch diese Gegenfrage wird Zeit gewonnen. Oft ist der Frager auch verblüfft.
   Die richtige Reaktion darauf ist, die Frage erneut zu stellen, eventuell leicht abgewandelt.
3. »Wenn ich Sie richtig verstanden habe, meinen Sie ...« Hier wird die Frage dann ungenau oder abgewandelt wiederholt und mit einem Redeschwall am Thema vorbei beantwortet. Eine Variante ist:
4. »Die Frage muß doch richtig lauten: ...« Die neu aufgeworfene Frage wird ausführlich beantwortet.
   Reaktion auf 3. und 4.: Ein erfahrener Interviewer wird zu erkennen geben, daß er die Ausführungen für »interessant« hält, dann aber auf seine ursprüngliche Frage zurückkommen.

Diese Ausweichmanöver können wir täglich in Interviews aus Politik, Wirtschaft, Kultur und Sport sehen und hören. Viele Menschen haben sich schon so daran gewöhnt, daß sie es kaum noch merken. Beim mündigen Bürger, der ja gerade von Politikern gern zitiert wird, hinterlassen solche »Antworten« jedoch einen schalen Nachgeschmack.

Fragen

Sie wollen auf Fragen richtig reagieren. Dazu ist es notwendig, Fragearten und Fragetechniken zu kennen.
Eine vielzitierte Empfehlung für die Gesprächsführung lautet: »Wer fragt, der führt!« Was hat es damit auf sich?
Der Frager gibt kaum Informationen preis, erhält aber durch die Antworten eine Reihe Anknüpfungspunkte und Informationen.
Der Gesprächspartner bekommt das Gefühl vermittelt, daß wir ihm interessiert zuhören.

- Fragen erleichtern uns, die Richtung des Gesprächsverlaufs zu steuern.
- Fragen helfen uns, Gegenargumente schneller zu erkennen.
- Fragen können Aggressionen abbauen helfen.
- Fragen verschaffen uns Zeit, den nächsten Gedanken vorzudenken.
- Fragen schaffen eine Vertrauensbasis beim Partner.
- Fragen erleichtern ein vorsichtiges Korrigieren des Partners.
- Fragen ermöglichen es, unfaire Angriffe abzuwehren.
- Fragen helfen, den Gesprächspartner leichter einzuschätzen.
- Fragen aktivieren den Partner.
- Fragen halten den Gesprächsfluß in Gang.

Daraus folgt: Fragen Sie viel! Daraus folgt aber auch, daß im Interview viel gefragt wird!
Löchert Sie Ihr Gesprächspartner mit Fragen, und Sie wollen die Initiative übernehmen, dann reagieren Sie mit einer Gegenfrage oder Bitte, zum Beispiel: »Wie meinen Sie das?« oder »Können Sie diesen Punkt bitte noch etwas erläutern?« Diese Reaktion ist kein Ausweichen, wenn die Frage ungenau oder weitschweifig formuliert wurde.

Welche Fragearten gibt es?
Wir unterscheiden grundsätzlich zwei Grundformen der Frage: die *geschlossene* und die *offene* Frage. Bei der geschlossenen Frage ist ein »Ja« oder ein »Nein« als Antwort bereits ausreichend, während bei der offenen Frage eine ausführlichere Antwort notwendig ist.
Die geschlossene Frage beginnt immer mit einem Hilfsverb oder Verb, die offene mit einem *»W«-Fragewort*: wer, wo, was, wie usw.

Beispiele
Geschlossene Frage: »Regnet es?« Antwort: »Ja« oder »Nein«.
Offene Frage: »Wie ist das Wetter?« – »Es regnet.«

Die *geschlossene* Frage wird eingesetzt, um im Gespräch ein Ergebnis zu erreichen, einen Punkt abzuschließen, die *offene*, um das Gespräch inhaltlich weiterzubringen – sie öffnet den Dialog.
Eine Form der geschlossenen Frage wird von höflichen Menschen als offene Frage verstanden und beantwortet: »Wissen Sie, wie spät es ist?« – »Ja« oder »Es ist zwanzig vor sieben«.

Alternativfrage

Dem Partner werden in der Frage zwei Antwortmöglichkeiten vorgegeben, die dritte Lösung oder weitere Möglichkeiten zu entscheiden, werden nicht genannt. Wenn der Partner momentan selbst keine andere Möglichkeit vorschlagen kann, wird er oft spontan eine der beiden Möglichkeiten wählen. In der unfairen Anwendung ist eine der beiden Möglichkeiten von vornherein unakzeptabel, so daß die andere im Vergleich dazu sehr positiv erscheint.

Beispiele
Ein Kellner möchte den Umsatz steigern und fragt den Frühstücksgast (Eier sind gegen Aufpreis zu haben): »Möchten Sie Ihr Ei hart oder weich gekocht?« Kaum ein Gast kam auf die Möglichkeit, kein Ei zu wünschen. Ein anderer Kellner trieb es auf die Spitze und fragte: »Möchten Sie ein oder zwei Eier zum Frühstück?«
(Die Möglichkeit, kein Ei zu frühstücken, besteht zwar, wird aber nicht genannt.)
Verkäufer erhalten mit dieser Methode leichter neue Termine beim Kunden: »Paßt es Ihnen am Dienstag nachmittags oder am Donnerstag vormittags besser?«

Gegenstrategie bei unfairer Alternativfrage: Bitten Sie den Frager, mit Ihnen zusammen nach weiteren Möglichkeiten zu suchen. Sie gewinnen Zeit, sich zu fragen, wem was nützt, wem was schadet und welche Interessen Sie selbst vertreten.

Suggestivfrage

Mit der Suggestivfrage wird dem Partner eine unerwünschte Antwort nicht so leicht gemacht. Er wird in eine bestimmte Richtung gedrängt. Allerdings gehen inzwischen viele Menschen unbewußt in eine Abwehrhaltung, wenn sie die Suggestivfrage hören.
Sie erkennen diese Frage an Füllwörtern wie: sicher, sicherlich, doch, auch, wohl...

Beispiele
»Sie wollen doch auch Steuern sparen, nicht wahr?«
»Sind Sie nicht auch der Meinung, daß...!«

Informationsfrage

Wenn wir auch mit jeder Frage letztlich Informationen erhalten wollen, so ist die Informationsfrage dazu geeignet, die Antwort auf dem kürzesten Wege zu erlangen. Sie dient dazu, das Wissen über Personen, Dinge, Ereignisse usw. zu vertiefen.

Beispiele
»Wann beginnt die Veranstaltung?«
»Welches Restaurant können Sie empfehlen?«

Kontrollfrage

Mit der Kontrollfrage überprüfen Sie, ob der Partner Ihnen überhaupt noch zuhört. Sie kontrollieren das Interesse des anderen oder suchen eine Bestätigung Ihrer Meinung.

Beispiele
»Können Sie nicht auch bestätigen ...?«
»Was halten Sie von dieser Idee?«

Ja-Fragen

Die Ja-Frage ist so formuliert, daß sie mit hoher Wahrscheinlichkeit nur mit »ja« oder positiv beantwortet wird. Der Gesprächspartner bekommt dadurch leichter eine positive Einstellung zum Gespräch.

Achtung!!
Häufig werden Ja-Fragen als Ja-Kette gestellt: Wer vier- bis fünfmal nacheinander auf Fragen positiv geantwortet hat, wird mit hoher Wahrscheinlichkeit auch auf die fünfte oder sechste Frage mit »ja« antworten, denn auf diese Frage kommt es dem Frager an. Sie wird so gestellt,

daß durch ein »Nein« die vorangegangenen »Ja« umgestoßen werden müßten.
Wenn Sie merken, daß Sie auf die »Ja-Straße« geführt werden, versuchen Sie durch eine Gegenfrage das Gespräch zu beeinflussen.

Fangfrage

Die Fangfrage ist eine indirekte Frage. Die Antwort soll nicht direkt erfragt werden. Der Frager zieht aus der Antwort seine eigenen Schlüsse, die der andere nicht ahnt.

Die »rhetorische Frage«

vgl. S. 79

Gegenfrage

Beispiel
Zwei ehemalige Schulkameraden treffen sich nach langer Zeit wieder. Der eine ist Jesuit geworden, der andere Geschäftsmann. Der Geschäftsmann fragt den Jesuiten im Laufe des Gesprächs: »Stimmt es eigentlich, daß Ihr Jesuiten auf jede Frage grundsätzlich mit einer Gegenfrage antwortet?« Darauf der Jesuit: »Wer hat dir denn das erzählt?«

Es wird häufig für unhöflich gehalten, auf eine Frage mit einer Gegenfrage zu antworten. Unhöflich und unfair ist es jedoch nur, wenn wir die Gegenfrage als Ausflucht mißbrauchen.
In der Praxis bringt uns die Gegenfrage weiterführende Informationen und kann den Einwand oder die ursprüngliche Frage durchaus verändern.
Durch die Gegenfrage gewinnen wir Zeit, uns eine Ant-

wort zu überlegen, während der Gesprächspartner seine Frage präzisiert.
Wenn uns ein Gesprächspartner durch unbequeme oder unangenehme Fragen in die Enge treiben will, ist die Gegenfrage ein probates Hilfsmittel.

Beispiele
»Wie meinen Sie das?« (scheinbar harmlos, aber wirksam!).
»Warum wollen Sie das wissen?«
»Was verstehen Sie unter ...?« (kann präzisere Frage bringen, kann aber auch sehr unfair sein!).
»Können wir auf diese Frage später eingehen?«

Unterstellungsfrage

Der Frager will seinen Gesprächspartner provozieren. Häufig wird die Unterstellungsfrage als geschlossene Frage gestellt. Antworten Sie spontan mit »ja« oder »nein«, dann sind Sie in die Falle gegangen.

Beispiel
»Stimmt es, daß Sie vor vierzehn Tagen aufgehört haben, Ihre Frau zu schlagen?«
Antworten Sie ruhig und höflich, auch wenn es schwerfällt, indem sie die Unterstellung in der Frage klar und deutlich zurückweisen. Beim Zuhörer darf nicht der Eindruck entstehen, in der Unterstellung liege auch nur ein Körnchen Wahrheit.

Warum-Frage

Die »Warum-Frage« drängt den Interviewten leicht in eine Rechtfertigungsposition. Unter dem Eindruck, sich verteidigen zu müssen, werden oft ungeplant Informationen preisgegeben.

Überlegen Sie sich im voraus, wie Sie auf erwartete »Warum-Fragen« antworten können.

Verhalten in kritischen Interviewsituationen

Bei unbequemen Fragen können Sie sich auch die Methoden der Einwandbehandlung zunutze machen.
Weitere Möglichkeiten (nach D. Dommann), in Interviews einen guten Eindruck zu hinterlassen sind:
Sie gewinnen Zeit, indem Sie die Frage wiederholen oder die Bedeutung der Frage herausstreichen und betonen.
Achten Sie darauf, daß Sie nicht nur Ihrem Interviewer antworten, sondern daß ein Interview auf Dritte, auf Zuhörer, Zuschauer oder Leser wirkt.
Reden Sie verständlich für Ihr Publikum, dozieren Sie nicht.
Vermeiden Sie auf der körpersprachlichen Ebene Unterlegenheits- und Verlegenheitsgesten, wie etwa Kopfkratzen, Reiben des Nasenflügels, unruhiges Sitzen oder Stehen, Fingertrommeln oder Spielen mit Gegenständen.
Achten Sie darauf, daß Sie Ihre Schlußantwort nicht aggressiv, sondern möglichst ausgewogen formulieren. So sichern Sie sich einen sympathischen Abgang.

Verbesserungen im Alltag

Sie haben dieses Buch nun durchgeblättert und einige Übungen gemacht. Sie wollen Ihr Auftreten verbessern, Ihre Rede wirksamer machen. Wenn Sie die Übungen allein machen, ist es nicht leicht, sich selbst gegenüber so kritisch zu sein, wie es wünschenswert wäre. Nicht, weil wir uns selbst etwas vormachen wollen, sondern weil wir uns an unsere Eigenheiten gewöhnt haben, fallen sie uns kaum noch auf.
Rückmeldungen und Hinweise von anderen sind in der täglichen Redepraxis selten. Allerdings können Sie sich durch die Beobachtung Ihres Publikums einige Rückmeldungen holen. Schütteln Ihre Zuhörer den Kopf, oder nicken sie? Zeichnen sich gleichsam Fragezeichen auf den Gesichtern ab? Hören Sie gar den Ruf: »Lauter bitte!«?
In einem Rhetorik-Seminar bekommen Sie darüber hinaus individuelle, qualifizierte Hinweise auf Ihre Stärken und Ihre Verbesserungsmöglichkeiten.
Wenn Sie diese Zeichen beachten, können Sie die entsprechenden Kapitel dieses Buches beachten und gezielt trainieren.
Für die kritische Selbst- und Fremdbeobachtung liefert Ihnen der folgende »Beobachtungsbogen« die wichtigsten Kriterien.
Im ersten Teil finden Sie den sprechtechnischen Bereich,

im zweiten den Bereich des Auftretens und schließlich im dritten den inhaltlich-sprachlichen Bereich beschrieben.

Beobachtungsbogen

Thema: gesprochen von:

I. *Sprechtechnik*								
Sprechtempo	langsam	□	□	□	□	□	schnell
Lautstärke	leise	□	□	□	□	□	laut
Dynamik	eintönig	□	□	□	□	□	lebendig
Artikulation	deutlich	□	□	□	□	□	undeutlich
II. *Auftreten*								
Haltung	sicher	□	□	□	□	□	unsicher
Gestik	gehemmt	□	□	□	□	□	locker
Blickkontakt	kaum	□	□	□	□	□	intensiv
III. *Rede*								
Sprache	angemessen	□	□	□	□	□	unverständlich
Darstellung	abstrakt	□	□	□	□	□	anschaulich
Engagement	schwach	□	□	□	□	□	stark
Argumentation	überzeugend	□	□	□	□	□	wirr, unklar
Redeziel	klar	□	□	□	□	□	unklar

Themenvorschläge Pro – Contra

Ausländer
Autobahngebühren
Emanzipation
Entwicklungshilfe
Ernährung
Fernsehen
(Frauen zur) Bundeswehr
Genforschung
Kernenergie
Ladenschlußgesetz
Müllverbrennung
Schwangerschaftsabbruch
Sonntagsarbeit
Sport
Sterbehilfe
Tempo 100
Tierversuche
Todesstrafe
Weltraumforschung

Anhang

Übungsvorschläge zur Artikulation und Betonung

Gehen Sie bei den folgenden Bildern so vor, wie bei der Übung mit dem Picasso-Bild. Stellen Sie sich unterschiedliche Zuhörergruppen vor. Legen Sie verschiedene Redeziele fest. Überprüfen Sie Ihr Sprechdenken anhand von Tonbandaufzeichnungen.

Anregungen

- Betrachtungen über die menschliche Neugier.
- Überlegungen zu »kopflosem« Verhalten.
- Was geschieht hinter der Bretterwand?
- Mit dem Kopf durch die Wand...

Schule
Achtung!
Drescharbeiten!

Anregungen

- Erziehungsmethoden gestern und heute.
- Probleme der Landwirtschaft.
- Schule im Wandel der Zeit.
- »Die Schule des Lebens kann man nicht schwänzen!«

Übungstexte zu Artikulation, sprecherischer Interpretation und dynamischem Sprechen

In dem Kapitel über den Stichwortzettel finden Sie auf S. 72 den Schwank »Das Saitenspiel«.
Lesen Sie diese Geschichte laut. Überlegen Sie, welche Passagen Sie langsamer oder schneller, lauter oder leiser, höher oder tiefer sprechen wollen.
Versuchen Sie, dem Zuhörer das Verstehen zu erleichtern, indem Sie »anschaulich« sprechen.
Durch die »Regieanweisungen« des Autors wird Ihnen diese Aufgabe bereits etwas erleichtert: »... antwortete der Kleine *bescheiden*«, »... *scherzte* der Goldschmied *grob*«, »... *krähte* der Kleine«, »... *schrie* er dazu«.

Der erste Abschnitt kann gemächlich erzählt werden. Stellen Sie sich vor, Sie hätten Ihren Zuhörern die Geschichte folgendermaßen angekündigt: »Paßt mal auf! Ich erzähle euch, wie es einmal einem hinterhältigen Handwerksmeister ergangen ist.«
Ein Goldschmiedegesell, der etwas klein von Wuchs war, deutlich absetzen, Kleinwüchsigkeit des Gesellen ist für die Geschichte wichtig *kam zu der Werkstatt eines Meisters in Soest und fragte nach einem Arbeitsplatz. Der Meister, der Scherze gerne auf anderer Leute Kosten machte,* diese Eigenschaft deutlich hervorheben *steckte den Kopf zum Werkstattfenster heraus, schaute hin und her,* dabei den Kopf hin und her bewegen und so die Bewegung auch sprecherisch zum Ausdruck bringen *gab vor, niemanden zu sehen und fragte, wo der Geselle denn stecke.*
»Hier«, antwortete der Kleine bescheiden, »hier unten stehe ich, Meister.«
»Ei, du Riese«, ein langes iii in Riese läßt den Riesen noch größer erscheinen und den Spott noch schärfer *scherzte der*

Goldschmied grob, »kannst du denn auch zeichnen und entwerfen, wie es sich für einen ordentlichen Gesellen gehört?« Diese Frage altväterlich behäbig, selbstgefällig, doch scheinbar gutmütig sprechen.
Wieder im Erzählton
Als der Kleine das bejahte, reichte ihm der Meister eine Schiefertafel heraus und wollte eine Laute etwas hervorheben *darauf gezeichnet haben. Der Geselle entwarf sie ihm nach allen Regeln der Kunst.* Diese Redewendung wörtlich nehmen und etwas stolz auf handwerkliches Geschick sprechen.
»Nicht schlecht«, lang dehnen, im Sprechen aus der Sicht des Meisters heraus denken: »Was kann ich denn nur bemängeln?« *sagte der Alte,* wieder erzählen *»aber* das a in aaaber lang dehnen, im »aa-aber« die Idee bekommen und nun zügig weiter *die Saiten fehlen ja!* Leicht triumphierend.
Schnell zeichnete ihm der Kleine die Saiten hinein. Ruhig erzählen *»Schon besser«,* wie bei »nicht schlecht« *meinte der Meister und lauschte an der Tafel,* wieder erzählen und scheinbar selbst an der Tafel lauschen: Spannungspause ohne Einatmung *aber sie klingen nicht, wie?«* höhnisch triumphierend.
»Tatsächlich«, krähte der Kleine, »den Klang habe ich vergessen, aber ich will ihn gleich nachreichen«, aufgebracht zornig – krähen –, nun auf jeden Fall das Sprechtempo steigern, damit der Meister keine Chance mehr hat, den Kopf zurückzuziehen *riß dem Alten die Tafel mit Macht aus den Händen und schlug sie ihm über den Schädel, daß die Scherben in der Werkstatt herumflogen.*
»Hört Ihr, wie gut sie klingen, hört Ihr's, Meister?« schrie er dazu, aufgebracht zornig triumphierend *klopfte* deutliches »pf« *ihm den Rahmen noch einmal auf den Kopf* das »einmal« deutlich artikulieren, nicht »eima« *und ging seines Weges.* Langsam ausklingen lassen.

Literaturliste

Allgemeine Darstellungen

Allhoff/Allhoff, Rhetorik & Kommunikation, Regensburg [7]1988

Artistoteles, Rhetorik, München [2]1987

Cicero, Über den Redner, Stuttgart [2]1986

Ebeling, P., Das große Buch der Rhetorik, Wiesbaden 1981

ders., Reden ohne Lampenfieber, Landsberg/Lech [9]1988

Everke, K. F., Erfolg in Rede und Diskussion, Köln 1983

Geißner, H., Rhetorik und politische Bildung, Königstein [2]1981

ders., Rhetorik, München 1973

Hinsch, G., Wegweiser zum richtigen Sprechen und Reden, Heidelberg [4]1979

Lemmermann, H., Lehrbuch der Rhetorik, München [3]1986

Reichel, G., Frei reden ohne Lampenfieber, Forchheim [2]1984

Ruhleder, R. H., Rhetorik, Kinesik, Dialektik, Bad Harzburg [4]1983

Schorkopf, H., Reden, frei-verständlich-wirksam, Freiburg [3]1985

Schuh/Watzke, Erfolgreich Reden und Argumentieren, München 1983

Schulz von Thun, F., Miteinander reden, Reinbek 1989
Thiele, A., Die Kunst zu überzeugen, Düsseldorf ²1990
Tusche, W., Reden und überzeugen, Köln 1988
Weller, Das Buch der Redekunst, München o. J.
ders., Die schlagfertige Antwort, Bergisch-Gladbach ⁴1984

Verhandlung/Dialektik

Brocher, T., Gruppendynamik und Erwachsenenbildung, Braunschweig ¹⁴1979
Dommann, D., Faire und unfaire Verhandlungstechniken, Berlin ⁴1985
Lay, R., Dialektik für Manager, Reinbek 1983
Ruhleder, s. o.
Schopenhauer, A., Eristische Dialektik, Zürich 1984

Sprechtechnik

Fiukowski, H., Sprecherzieherisches Elementarbuch, Leipzig ⁴1984
Martens, C. u. P., Übungstexte zur deutschen Aussprache, München
Wagner, K., Reden ist immerhin Silber, Stuttgart ³1983
Wolf/Aderhold, Sprecherzieherisches Übungsbuch, Berlin 1976
Siebs, Th., Deutsche Aussprache, Berlin ¹⁹1969

Menschliches Verhalten

Kriebel, R., Sprechangst, Stuttgart 1984
Morris, D., Der Mensch, mit dem wir leben, München 1978
Vester, F., Denken, Lernen, Vergessen, München 1978

Körpersprache

Reineke/Damm, Signale im Gespräch, Heidelberg 1983
Rückle, H., Körpersprache für Manager, Landsberg/Lech ^{4}1986
Thiel, E., Die Körpersprache, Genf 1986

Wörterbücher

Etymologisches Wörterbuch des Deutschen, Berlin 1989
Duden, Bd. 1, Rechtschreibung, Mannheim ^{19}1986
Duden Bd. 8, Sinn- und sachverwandte Wörter, Mannheim 1972

Sprache

Lobentanzer, H., Deutsch muß nicht schwer sein, München 1986
Reiners, L., Stilfibel, München
Schneider, W., Wörter machen Leute, München ^{3}1986
ders., Deutsch für Profis, München ^{7}1989
Weigel, H., Die Leiden der jungen Wörter, München ^{10}1986
Werneck/Grasse, Formulierungstraining, München 1978
Zimmer, D., Redens Arten, Zürich 1986

Sonstige

Kafka, F., Sämtliche Erzählungen, Frankfurt/M. 1987
Klinsky/Reich, Lachende Kamera, München 1959
Mackensen, 10 000 Zitate, Hanau ^{2}1985
Ordnung ist die halbe Rede, Krefeld 1984
Pauli, J., Schimpf und Ernst, Hildesheim 1972
Plauen, E. O., Vater und Sohn, Ravensburg 1974
Scholl-Latour, Leben mit Frankreich, Stuttgart 1988
Zitate, Eine Sammlung, Herrsching o. J.
Zitate von A–Z, Herrsching 1989

Dank

Für vielfältige Anregungen bedanke ich mich bei meinen Kollegen Klaus Bodel und Jürgen Janning; für Unterstützung und Ermutigung danke ich Hajo Banzhaf und nicht zuletzt ganz herzlich Warja.

Wenn Sie sich für Seminare und Vorlesungen von Paul Herrmann interessieren, erhalten Sie Informationen über folgende Adresse:

Paul Herrmann
c/o Wilhelm Goldmann Verlag
Neumarkter Str. 18
D-8000 München 80